마도 시대의 시작

FUSION FANTASTIC STORY

강준현 장편소설

아우스 : 마도 시대의 시작 2

강준현 장편소설

초판 1쇄 찍은 날 § 2017년 5월 15일
초판 1쇄 펴낸 날 § 2017년 5월 22일

지은이 § 강준현
펴낸이 § 서경석

편집책임 § 이지연

펴낸곳 § 도서출판 청어람
등록번호 § 제387-1999-000006호
등록일자 § 1999. 5. 31
어람번호 § 제1-2692호

주소 § 경기도 부천시 부일로 483번길 40 서경B/D 3F (우) 14640
전화 § 032-656-4452 팩스 § 032-656-4453
http://www.chungeoram.com
E-mail § chungeorambook@daum.net

ISBN 979-11-04-91323-5 04810
ISBN 979-11-04-91321-1 (세트)

아우스

마도 시대의 시작

FUSION FANTASTIC STORY

강준현 장편소설

2

도서출판 청어람

Contents

11장
자유기사 테린

　우여곡절 끝에 세 가지 마법을 동시에 사용하는 법을 알아냈다.

　두 개의 마법진이 그려진 나뭇조각 한쪽에 세 번째 마법을 반씩 그려놓고 두 나뭇조각을 합치는 순간 마법이 발동되게 만들면 되지 않을까 생각했다.

　물론 이 생각을 실험하기 위해 몇 번이고 릴리즈액의 도움을 받아야 했다.

　그리고 결국 나누어진 마법진을 붙이면 작동하는 마법진을 스스로 만들어낸 것이다.

　A라는 나뭇조각과 B라는 나뭇조각에 마법진을 반반씩 그

려놓고 붙이면 마법은 바로 작동하지 않았다. 마법이 작동하려면 다시 마나를 불어넣어 '활성화'를 시켜야 했고, 마나가 차도록 기다리거나 마나를 넣어야 했다.

즉, 활성화된 마법진을 반으로 나누면 활성화가 사라져 버리는 것이었다.

그때 불현듯 엔트 할아버지의 집에서 봤던 마나 집적진이 생각났다.

A에는 마나 흡입부와 저장부를, B에는 마법 발현부를 그려놓고 연결 부분만 맞추면 된다는 생각에 실험을 했고, 마침내 성공했다.

산 너머 산이라고 겨우 세 개의 마법을 사용하게 되었지만 5서클 디그 마법을 구할 수 있는 방법이 없었다.

탐스의 방에 있는 책은 죄다 5서클까지의 공격 마법에 관한 것뿐이었다.

하지만 신은 날 버리지 않았다.

젊은 두 마법사를 따끔하게 혼내주던 나이 든 마법사가 생각이 났다.

그러면 알고 있거나 책을 가지고 있지 않을까 하는 생각에 친해지는 작업에 들어갔다.

"토렌 님, 이거 좀 드셔보세요."

"뭐냐?"

"한번 만들어본 건데 드시고 평가 좀 부탁드려요."

"일없다."

토렌은 성격이 좋지 않았다. 아니, 아주 많이 괴팍하다는 편이 맞을 것이다.

주로 방에서 생활했고, 방에서 나올 땐 햇볕을 쬐기 위해 나올 때뿐이었다.

좋은 음식을 갖다 줘도 매번 이런 식으로 거절을 했다.

그나마 다행이라면 매번 권해도 짜증을 내지 않는다는 점이었다.

"어쩔 수 없죠. 그나저나 탐스 님이 너무 매워하지는 않을까 몰라."

난 혼잣말처럼 중얼거렸지만 다분히 토렌이 들으라고 한 말이었다.

"잠깐! 매운맛이라고 했느냐?"

"네. 제가 원래 제국 북쪽에 있는 다켄 지방 출신이거든요. 거긴 더워서 많은 사람이 음식을 맵게 먹는 편이거든요."

"다켄! 다켄의 어디쯤이더냐?"

토렌은 반색을 하며 물어왔다.

그의 고향이 다켄 지방이라는 얘기는 한 마법사에게 음식을 주며 들었다.

다켄 지방은 악몽의 숲을 끼고 있는 곳으로 내가 세 번의 삶을 살았던 곳이기도 했다.

"악몽의 숲 근처에 있는 다렌 마을이었어요."

"허허허! 그곳이라면 나도 몇 번 가봤지. 난 다켄 지방의 야돌 남작령이 고향이란다."

"우와! 그러셨어요?"

고향이 같다는 공통점은 무뚝뚝하던 토렌의 환심을 사기에 충분했다.

"이리 줘 보아라. 내가 먹어보고 판단해 주마."

난 들고 있던 냄비를 그에게 건넸다.

"이, 이건 젤츠 아니냐?"

"야돌 남작령이니 아시겠네요. 거기 유명… 한 음식점의 음식이죠. 대충 흉내만 내서 맛있을지는 장담을 못 하겠네요."

푸줏간을 할 때 그곳에 고기를 납품했었다. 그때 어깨너머로 배운 것인데 벌써 60년이 넘어서 아직 있는지는 알 수가 없어 얼버무렸다.

"거기 이름이… 맞다! '돼지가 머무는 곳'. 아직도 그곳이 있느냐?"

"아, 예. 제가 그곳을 떠날 때까진 있었어요."

"그렇구나……."

나이가 들면 음식을 추억으로 먹는다고 엔트 할아버지가 그랬다. 토렌을 보니 그 말이 틀리지 않음을 알 수가 있었다.

"맛은 조금 다른 듯하지만 그리운 맛이구나."

"안 매우세요?"

"괜찮다. 나에겐 딱이다."

땀을 뻘뻘 흘리면서도 소스까지 깔끔하게 먹었다.

"잘 먹었다. 우리 지방 출신이라면 모를까, 탐스 경에게는 좀 매울 것 같다."

"그래요? 이건 매워야 맛있는데… 다른 것 해드려야겠네요."

"시원한 맥주가 있다면 괜찮겠지. 원래 이 음식엔 시원한 맥주가 제일이거든."

"아직 맥주는 없거든요. 날씨가 더워지고 있으니 맥주가 오겠죠. 그나저나 젤츠를 제법 많이 만들어뒀는데 큰일이네요."

"얼마나 만들어뒀는데……?"

"돼지고기를 재는 데 시간이 걸리는 음식이라 혹시 몰라 3인분 정도 만들어뒀거든요."

"저런, 아깝게 됐구나."

전혀 아까워하는 얼굴이 아니다. 입질이 왔지만 모른 척 딴말을 했다.

"안 되면 간부 식당에 내놓고 드실 분 드시라고 해야 되겠네요."

"그러다 부족하면 어쩌려고."

"그것도 그러네요. 어쩐다……."

"험험! 내가 먹어줄 수 있다."

"맞다! 저도 참 어리석네요. 토렌 님이 앞에 계시는데 고민을 하고 있었으니. 식당에서 드시기엔 다른 분들이 볼지 모르니 방으로 갖다드리거나 오늘처럼 밖에서 갖다드리면 되겠네요. 언제 갖다드릴까요?"

"오늘 밤에 방으로 가져와라."

"탐스 님이 주무시면 좀 늦을 텐데요?"

"상관없다. 가져 올 때 이왕이면… 알지?"

"헤헤헤! 하얀 걸로요? 빨간 걸로요?"

"차게 한 하얀 걸로."

의외로 쉽게 풀렸다.

난 제발 그에게 5서클 디그 마법이 있기를 간절히 바라며 할 일을 하러 움직였다.

"토렌 님?"

"어서 와라. 그 앞 테이블에 놔둬라."

침대에 앉아 책을 읽고 있던 토렌은 그 자세 그대로 고개만 까닥였다. 음식만 두고 가라는 소리였는데 어림없는 수작이었다.

"우와! 책이 많으시네요. 토렌 님 드실 동안 책 좀 봐도 될까요?"

난 책장으로 다가가며 책 표지에 적힌 글들을 빠르게 읽어 나갔다.

그중 5서클 관련 마법책이 있었다.

"봐도 재미없는 책뿐이다."

이 망할 영감탱이가 자꾸 쫓아내려고만 하다니.

"헤헤. 저도 마법사가 되고 싶었거든요. 그래서 그냥 마법책이라면 보기만 해도 좋더라고요."

"넌… 마나 친화력이 거의 없다."

처음으로 고개를 들어 날 물끄러미 바라보던 토렌은 이미 마법사인 나에게 이상한 소리를 하고 다시 책으로 시선을 돌렸다.

"네? 토렌 님이 어떻게 그걸 아세요?"

"사람은 누구나 기본적인 마나를 가지고 있다. 그 양이 많고 적음에 따라 마나 친화력의 유무를 판단하는데 넌 거의 마나가 느껴지지 않는다."

"그런가요? 뭐 상관없어요. 어차피 전 전투 마법사보단 연구 마법사가 더 좋거든요."

"연구 마법사가 더 좋다고?"

"네. 전 싸우는 건 관심 없거든요. 오히려 생활 관련 물품을 더 좋아해요. 만일 디그 마법을 이용해 땅을 팔 수 있는 물건을 만들면 얼마나 좋겠어요?"

토렌의 시선은 다시 나를 향했다. 그리고 그의 눈빛에는 호기심이 깃들어 있었다.

"또한 추울 때 따뜻하게 만드는 물건을 만들어도 좋고요."

"냉풍기와 온풍기라는 물건은 이미 나왔다."

"에엑! 그래요?"

"그래. 3년 전부터 나와서 선풍적인 인기를 끌고 있는 물건이지. 다만 먼저 말한 땅을 팔 수 있는 물건은 아직까지 나오지 않았지만 말이다."

"아깝네요. 진즉에 마법을 배웠으면 제가 만들어냈을 텐데요."

"끌끌끌! 꿈이 아주 큰 녀석이구나."

"헤헤헤! 꿈은 크게 가지라잖아요. 한데 큰일이네요."

"뭐가 말이냐?"

"조금 더 있으면 땅 파는 기계도 나올 것 아니에요? 그럼 제 아이디어가 또 도둑맞는 거와 마찬가지잖아요. 이럴 어째~"

"클클클! 온석아, 이미 수많은 사람이 연구 중이다."

"저도 서둘러야겠네요."

"헛소리 말고 책이나 읽고 있어라. 식사하고 너에게 보여줄 것이 있다."

"네!"

성공이다.

난 재빨리 눈으로 봐뒀던 책을 뽑아 훑어보기 시작했다. 처음 책은 공격 마법만 있었다.

두 번째 책을 넘길 때 술과 함께 돼지고기를 뜯던 토렌이 한마디 했다.

"꼼꼼히 봐야지."

"도통 모르는 내용뿐이라서요."

말을 하면서도 난 책을 넘기기에 바빴다.

'찾았다!'

5서클 디그 마법을 설명하는 부분이 드디어 보였다.

왜 3서클의 마나양이 들어가는 디그 마법을 5서클로 옮겼는지 이해가 되었다.

룬어만 해도 상당했고, 공간계 마법이라 엄청나게 복잡했다.

이해고 자시고 무작정 외웠다.

"땅 파는 마법에 관심이 있다더니 용케 디그를 보고 있었구나."

외우는 데 정신이 팔려 토렌이 다가오는 것도 느끼지 못했다. 놀라 심장이 두근거렸지만 태연한 척 말했다.

"무슨 말인지 모르겠지만 그냥 관심이 가네요."

"이리 와보아라."

"네? 네."

"끌끌! 이해하지도 못하는 책에 그리 미련이 있느냐? 좋은 대답을 하면 빌려주마."

"정말이세요?"

아직 다 못 외웠기에 그의 말에 귀가 번쩍 뜨였다.

"내가 네게 농을 하겠느냐?"

기쁜 마음으로 들고 있던 책을 책장에 꽂아두고 토렌의 옆으로 갔다.

그는 그림과 글자, 마법진이 그려진 커다란 도면을 보여주었다.

"어? 이거 땅 파는 기계 같은데요?"

"맞다. 내가 연구하고 있는 것이지. 이 앞의 마법진에서 1서 클의 디그 마법이 연속해서 발생해 땅을 파는 것이지."

의자의 다리처럼 네 개의 발이 내려져 있고 그 위에 둥근 마법진이 위치되어 있는 비교적 단순한 방식의 설계도였다.

1서클 디그 마법이 압축된 공기를 터뜨려 파편이 튀기 때문에 마법진을 보호할 겸해서 이런 식으로 만든 게 아닌가라는 생각이 들었다.

난 마법진을 유심히 바라봤다.

연구하는 사람마다 약간씩 다르다고 하더니 정말이었다. 하지만 바라보는 것만으로도 엔트 할아버지와 비교할 수 없이 조잡하다는 것이 느껴졌다.

"어떠냐……?"

"화염 요리기는 24시간 동안 4시간쯤 사용할 수 있는데 이 장치는 얼마나 사용할 수 있어요?"

"음, 그게 말이다. 파이어와 디그가 같은 1서클 마법이지만 조금 다르다. 파이어는 한 번 실행되고 나면 마나만 공급되어 도 지속적으로 유지되지만, 디그는 반복적으로 실행되어야 하기 때문에 횟수로 판단을 한다."

"그럼, 몇 번이나 실행되나요?"

알고 있었지만 모른 척 물었다.

왜냐하면 토렌이 만든 이 장치는 한눈에 보기에도 쓸모없는 기계였다.

또한 누구나 금세 복제가 가능했고, 마나 흡입부를 잘 만드는 곳이라면 이보다 더 좋은 물건을 금방 만들 수 있었다.

"하루에 서른 번 정도다."

거짓말이다. 더 분석해 봐야겠지만 이 장치는 잘해야 스무 번 정도가 한계였다.

하지만 쓸모없는 물건이라는 대답은 절대해서는 안 된다. 나에게 진실보다는 디그 마법이 있는 마법책이 필요했다.

"제… 생각이랑 많이… 다르네요."

말을 천천히 하면서 내가 채굴 장치를 만든다면 어떻게 만들 것인가를 생각해 봤다.

"어떻게 말이냐?"

"그러니까요. 제가 생각하는 건 디그가 아닌 바람을 이용하는 거예요."

"바람으로 어떻게?"

"그게 말이죠… 혹시 펜과 종이가 있나요?"

"여기 있다."

내 머리는 빠르게 채굴 장치를 만들어내고 있었다. 마치 언젠가 그려본 듯한 느낌마저 들었다.

앞에 곡괭이처럼 뾰족한 쇠가 있었고, 그 쇠가 수직 운동을 하게 만드는 두툼한 장치가 그 위에 달려 있는 모양으로 제일 위에는 손잡이가 있었다.

마치 짤막한 펜과 같은 모양이었다.

"이, 이게 땅을 파는 장치라고?"

"네. 여기 손잡이 밑에 부분에서 바람이 생성되죠. 그럼 그 힘이 밑에 있는 뾰족한 쇠를 밀어 땅을 파는 거예요. 물론 이 공간은 밀폐가 되어 있어야겠죠."

"계속 바람이 생성되면 내려갔던 쇠가 어떻게 올라와?"

"그야 간단하죠. 쇠가 내려갈 때 그 옆에 작은 구멍을 만들어 바람이 빠지도록 만드는 거죠. 그럼 일꾼이 누르는 힘에 다시 밀려 올라가겠죠? 그럼 다시 바람이 밀어내겠죠. 이걸 반복하는 거예요."

"……."

입을 떠억 벌리고 멍하니 내가 그린 그림을 한참 바라보는 토렌.

난 그를 그대로 두고 다시 책을 읽으러 갔다. 혹시나 마음이 바뀌어 빌려주지 않는다면 곤란했다.

"이게 가능한 거냐?"

"토렌 님도 차암~ 그냥 제 머리에서 나온 거예요. 가능한지 안 한지는 어떻게 알겠어요. 제가 실험이 가능하다고 생각하세요?"

"그, 그렇지, 불가능하지."

"책 가져가도 될까요?"

"그래라."

난 생각이 바뀔세라 책과 그릇을 들고 내 방으로 갈 준비를 했다.

"아우스."

마음이 바뀐 건가?

못 들은 척하려다 어쩔 수 없이 대답을 했다.

"…네, 토렌 님."

"험험! 오, 오늘 일은 둘만의 비밀로 하자꾸나."

"물론이죠. 저도 사사로이 마법사님들을 뵈면 혼나거든요."

대답을 하고 또 다른 말을 할까 재빨리 방을 나섰다.

문득 채굴 장치에 대해 약간 아깝다는 생각이 들었지만 내가 얻은 것에 비하면 싼 편이었다.

때에 따라선 수만 금보다 빵 한 개가 더 중요할 순간이 있는 법이었다.

*   *   *

"아우스, 아까 그 아가씨들 봤냐? 그 뽀얀 살결과 봉긋 솟은 가슴은… 으~"

"식사나 하셔."

"손이라도 한번 만져봤으면 소원이 없겠다."

오늘 간부들과 병사들을 위한 아가씨들이 도착했다. 좋게 표현해서 아가씨들이지 몸을 팔아 생계를 이어가는 창녀들이었다.

자크 남작과 탐스, 그리고 간부들은 지금 그 아가씨들과 즐겁게 술을 마시고 있을 것이다.

덕분에 나와 지온은 편하게 둘만의 식사를 하고 있었다. 한데 지온은 사랑의 열병을 앓는 소년처럼 눈이 하트 모양이 된 채 계속 같은 말을 반복했다.

"아우스, 넌 괜찮냐?"

"뭐가?"

"뭐긴 뭐야, 당연히 남자의 상징을 말하는 거지."

"발정난 오크냐? 정 급하면 저쪽 구석에 가서 해결하고 와."

"쳇! 지도 한 번도 못해본 주제에 마치 경험이 많은 것처럼 말한다?"

여자 경험이야 셀 수 없을 만큼 많았다.

16살부터 성인이었고, 가장 혈기왕성한 시기를 9번이나 겪어왔는데—아니, 남작 아들이었을 땐 제외니 여덟 번이다—한두 번 해봤겠는가?

가장 최근에 한 것이 남작가가 침략당하다 그날 밤 하녀와…….

"너 해봤구나! 맞지? 어땠어?"

생각의 나래를 너무 펼쳤나 보다.

내 표정을 보고 지온은 부럽다는 표정으로 그때의 기분을 물어본다.

"자세히 말해봐. 누구였어? 혹시 술집 아가씨? 아니, 넌 시동이었으니까 나이 많은 하녀에게 당한 거 아냐?"

"시끄러워!"

"정말이구나! 나이 많은 하녀……."

"죽어, 죽어! 이 자식아!"

포크가 휘어지도록 때리고 나서야 분이 풀렸다.

하지만 그렇게 맞았음에도 지온은 입만 다물었을 뿐 야시꾸리한 표정을 지으며 날 흘낏거렸다.

껄끄러운 식사가 끝나고, 지온의 여자 타령을 들으며 설거지를 하는데 처음 보는 마나를 가진 두 사람이 식당으로 다가오는 게 느껴졌다.

"쉬이! 누가 온다."

털컥!

문이 열리며 들어오는 한 명의 남성과 한 명의 여성은 한 몸이 되어 들어왔다.

두 사람은 서로의 입술을 탐했고, 남자의 손은 여자의 가슴을 헤집고 있었고, 여자의 손은 남자의 거시기(?)를 쓰다듬고 있었다.

남자도 여자도 오늘 새로 들어온 이들이었다.

…꿀꺽!

지온은 침을 삼키며 이어지는 장면에 눈을 떼지 못했고, 두 남녀는 결국 테이블을 침대 삼아 낯 뜨거운 짓을 하기 시작한다.

"아아~ 아앙~ 아흐흑! 테린 경! 더어~ 더~"

여자의 신음 소리는 식당을 가득 채운 채 한참을 계속됐다.

그리고 마침내 남자의 허리가 절정으로 움직이다 서서히 멈추며 끝을 맺었다.

16금 연극을 본 듯한 소감은 그저 그랬다.

'경'이라고 하는 것과 마법사와 달리 하단전에 마나가 모여져 있는 걸 보니 기사인 것 같은데 우리가 봤다는 걸 안다면 목이 달아날 일이었다.

난 지온에게 조용히 하라고 했고, 한참 들떠 있던 지온은 내 표정을 보고 눈치를 챘는지 손으로 입을 막으며 몸을 웅크렸다.

그러나 기사쯤 되는 이가 얼마 떨어져 있는 곳에 사람이 있다는 걸 모를 리가 없었다.

"어이, 거기 주방에 꼬맹이, 재미있게 봤나?"

"어머! 사람이 있었어?"

여자는 놀랐다는 듯 말했지만 표정은 별일 아니라는 듯 느긋했다.

"저희는 아무것도 못 봤습니다."

"어라, 둘이었네? 너랑 하다(?) 보니 감각이 둔해졌나 보다."

"아잉~ 또 왜 이래?"

그대로 뒀다간 다시 할(?) 기세였기에 재빨리 말을 하며 지온을 데리고 뒷문으로 나가려고 했다.

"저희는 30분 정도 뒤에 다시 오겠습니다."

"됐고. 두 사람 다 이리 와봐."

"…네."

별수 없었다. 노예는 목을 치고 깻값을 물어주면 그뿐인 존재들이었다.

나와 지온은 테린 앞으로 갔다.

지온은 테린과 아가씨를 흘낏 보더니 얼굴이 새빨개 진 채 고개를 숙였다.

"이래도 안 봤다고 할 테야? 이 녀석은 경험이 없는 것 같고, 넌… 얼굴색도 안 바뀌는 걸 보니 어지간히 놀았나 보다."

"안 봤으니까 아무렇지도 않은 겁니다. 지온이 얼굴에 빨개지는 건 아름다운 레이디를 처음 봐서 그런 것뿐입니다."

"호호호! 얘 말하는 거 너무 귀엽다."

난 끝까지 시치미를 뗐다.

보지 못했다고 하면 자신들 위신을 생각해서라도 모른 척해줄 텐데 성질 더러운 놈을 만났다 싶었다.

"넌 됐고. 얼굴 빨개진 꼬마, 넌 봤지?"

"아, 아닙니다. 모, 못 봤습니다."

"레이디 허벅지에 있는 큰 점을 못 봤다고?"

"점은 기사님의 엉덩이에… 헙!"

"하하하! 걸렸군. 이래도 아니라고 시치미 뗄래?"

머리 좋은 지온이 성인용 영상을 보더니 머리가 굳었나 보다. 이젠 들켰으니 무작정 빌 수밖에 없는 상황이었다.

한데 이어진 테린의 말은 생각지도 못한 것이었다.

"재미있게 봤으면 먹을 거 있음 좀 줘라. 술만 먹었더니 속이 다 쓰리다."

"…네?"

"먹을 거 없냐고?"

"잠깐만 기다리십시오. 금세 만들어 드리겠습니다."

희한 놈이다.

우리가 있음을 알고 있었으면서도 태연히 그 짓을 하더니 이젠 식사까지 차려오란다.

물론 그 덕에 경을 치지 않게 되었으니 다행이지만 말이다.

"여기 있습니다."

"오! 요리사였냐?"

두 사람은 내가 준비해 준 음식을 맛있게 먹었다. 순식간에 음식을 먹어치운 테린은 상대적으로 느린 여자가 식사가 끝내길 기다리면서 심심했는지 우리에게 말을 걸었다.

"너희는 이름이 뭐냐?"

"지온입니다."

"아우스입니다."

"난 자유기사 테린이다."

"뵙게 되어……."

"거추장한 인사는 됐다. 내 말 잘 들어라. 내가 볼 때 너희 둘은 기사로서 훌륭한 자질을 가지고 있다."

"정말입니까?"

지온은 테린의 말에 귀가 솔깃한 모양이다.

"난 자유기사 테린이다. 거짓말을 하지 않는다. 기사의 힘을 갖고 싶다면 지금부터 내가 하는 말을 잘 들어라. 가부좌를 한 후에 이곳, 하단전에 정신을 집중하며 숨을 쉬어라. 숨을 들이마실 땐 하단전까지 깊게, 숨을 내뱉을 땐 길게 천천히. 이렇게 하다 보면 어느 순간 따뜻한 기운이 움직임을 느낄 것이다. 그 기운을 손으로 보내면 바위를 부술 것이고, 발로 보내면 말보다 빨리 뛸 수 있을 것이다."

"예! 테린 경. 그 말씀 꼭 기억하겠습니다."

지온은 마치 엄청난 은혜를 받은 사람처럼 감격한 표정을 지었다.

하지만 내가 볼 땐 그의 말은 헛소리였다.

기사에겐 하단전을 발달시키는 마나 호흡법이, 마법사에겐 중단전을 발달시키는 마나 호흡법이 존재했다.

나 역시 마나를 모을 때 그 호흡법을 따라 한다.

한데 하단전 호흡법도 가르쳐 주지 않고 숨만 쉬면 기사가 된다니 웃기는 얘기였다.

한데 얼마 전 두들겨 맞았을 때 하단전에서 일어나 따뜻한 기운이 생각나 완전히 무시할 수만은 없었다.

'에이! 아닐 거야. 이런 기사가 얼마나 대단한 실력을 가졌겠어?'

아니나 다를까, 여자의 말에 약간의 의문은 순식간에 사라졌다.

"테린, 어떻게 애들만 보면 매번 그 소리예요."

"무슨 소리야? 점점 사라지는 기사를 한 명이라도 더 배출하기 위한 눈물겨운 노력이라고."

"됐거든요. 순진한 애들에게 헛된 꿈 심어주지 말고 이제 가요. 애들아, 잘 먹었어. 여기 머무는 동안 종종 부탁할게."

아가씨는 우리에게 윙크를 하고 테린을 끌고 사라졌다.

"아우스, 테린 경 저 사람 우리에게 사기 친 거지?"

"비슷해. 한데 완전한 사기는 아냐."

"그게 무슨 말이야?"

"오랜 시간이 걸리겠지만 가능한 얘기라는 거지."

"얼마나 걸릴까?"

"아마… 백 년쯤."

"크악! 하여간 귀족들이란 정말이지……."

뒷말을 삼키는 지온.

그러나 그의 표정만으로도 어떤 욕을 하는지 알 것 같았다.

우리는 한바탕 불어닥친 테린이라는 태풍의 뒤처리를 했다. 지온은 테이블을 바로 했고, 난 설거지를 했다.

모든 것을 끝내고 주방을 훑어보며 마지막 확인을 했다.

"이제 그만 들어가자."

"나 여기서 씻어도 돼? 냇가에서 씻기엔 아직까진 밤에는 너무 추워."

"그러든지."

"넌 안 씻냐?"

"씻어야지."

본래는 나 역시 냇가에 가서 씻었다.

간부 식당 요리 병사가 이곳에서 씻어도 된다고 했지만 간부들 중 남색을 즐기는 놈들이 있었기에 가급적 밖에서 씻었다.

옷을 벗고 물을 끼얹었다. 손으로 몸을 문지르며 때를 벗겼다.

"아우스, 등 좀 문질러 줘. 혼자 씻다 보니 등이 간지러워 미치겠다."

"으~ 때!"

손으로 문지르니 굵은 때가 줄줄 나왔다.

내일 면 요리를 만들어 탐스에게 먹일까 하는 유혹이 들게 하는 때였다.

"쳇! 너라고 별수 있을까? 어?"

내가 놀린 걸 복수할 생각으로 내 뒤로 돌아가던 지온은 깜짝 놀란 소리를 낸다.

"점 때문에 그러냐? 좀 이상하긴 하지?"

"이게 점이라고?"

"응. 작은 나무처럼 생겼지?"

"작은 나무가 아니라 큰 나무처럼 생겼어. 그리고 무슨 점이 등 전체로 퍼져 있어? 엉덩이는 물론이고 여기까지 내려와 있는데."

지온은 엉덩이 바로 밑 허벅지를 꾹 찌르며 말한다.

또다시 자랐다?

"지온, 테두리로 한번 그려봐!"

"그리라고? 내 말을 들으니 나무 같기는 하다. 여기가 몸통이야, 그리고 여기서부터 줄기가 뻗어 있는데……."

지온의 설명을 머릿속으로 따라 그려본다. 한데 예전과는 비교가 안 될 정도로 커진 상태였다. 그가 그리는 대로라면 등은 몽땅 까맣다는 얘기였다.

"그리고 여기가 뿌리야. 이렇게……."

"…윽!"

갑자기 엉덩이의 골로 지온의 손가락이 쑥 들어왔다.

"지온! …죽을래?"

"니가 그리라며!"

"거기까진 그릴 필요 없거든!"

"하여간 성깔하곤… 다 그렸어."

짝!

몸에 물기가 묻어 있어 찰진 소리와 함께 짜릿한 아픔이 느껴졌다. 뭐라 한마디 할까 했지만 좀 전에 화를 낸 것이 있어

참았다.

"아우스, 안 가?"

"으, 응. 가자."

수건으로 대충 몸을 닦고 옷을 입었다.

지온을 보내고 내 방으로 돌아오는 내내 점에 대한 생각이 머리를 떠나지 않았다.

'나의 특이한 능력이 설마 너 때문이냐?'

점(?)에게 물었다.

하지만 대답은 당연하게도 없었다.

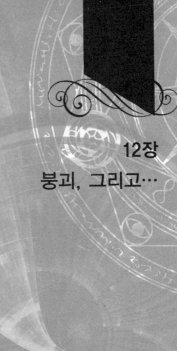

12장

붕괴, 그리고…

　본부의 간부들과 병사들은 아가씨들이 오면서 제대로 된 봄을 만끽했지만 노예들에겐 겨울보다 암울한 봄을 보내고 있었다.

　해가 길어지자 일하는 시간은 1시간이 늘었다. 그리고 그에 비례해 일주일에 한 명씩 노예들은 죽어나갔다. 하지만 간부 중에 어느 누구도 그들의 죽음을 신경 쓰는 사람은 없었다.

　그리고 나에겐 꽤나 얻은 게 많은 봄이었다.

　가장 큰 것은 역시나 토렌의 책에서 얻은 디그 마법을 마법진으로 변환하는 데 성공했다는 것이다.

　공간 마법이라 X라는 지점에서 Y라는 지점으로 옮기는 마법진을 변화시킨 것이 가장 힘들었다. 분명 누군가가 마법진으로 만들어뒀을 텐데 그걸 구할 수 없으니 스스로 만들 수밖에 없었다.

토렌은 나에게 몇 번 더 채굴 장치에 대해서 묻더니 한 달 전, 날 데리러 온다는 소리만을 남기고 광산을 떠났다.

아마 채굴 장치를 개발하러 갔으리라.

"…난 자유기사 테린이다. 내가 보기엔 넌 타고난 기사다. 기사의 힘을 갖고 싶다면 지금부터 내가 하는 말을 잘 들어라……."

벌목 현장 근처에서 약초를 캐다 들리는 소리에 고개를 절레절레 흔들고 다른 곳으로 자리를 옮겼다.

자유기사 테린.

아가씨들을 따라온 기사로 아가씨들의 기둥서방, 천하의 한량, 떡의 기사 테린 등등 두 달간 그가 얻은 별명은 열 개가 넘었다.

하루 종일 광산 이곳저곳을 돌아다니며 청소 팀 아이들만 보면 매번 같은 소리를 했다.

말했던 아이들의 얼굴이라도 기억하면 좋으련만 안면 인식 장애가 있는지 열 번 만나면 열 번 같은 소리를 하는 통에 피해야 할 요주의 인물이었다.

물론 그가 말한 것이 나에게는 어느 정도 도움이 되었다.

하단전에 따뜻한 마나의 기운이 있음을 알았고, 몸을 보호하기에 좋다는 걸 알아냈다.

그러나 손으로 보내는 건 어느 정도 가능했지만 다리로 보내는 건 불가능했다.

물어볼까도 했지만 자크 남작의 첩자일 가능성을 배제할 수 없었기에 포기했다.

"네가 아우스냐?"

저녁 식사를 준비하기 위해 산을 내려오는 중 노예들이 사는 한 판잣집에서 사내가 나오며 날 불렀다.

그리고 주변을 살피며 오줌을 누는 척했다.

나 역시 걸음을 늦추며 모른 척 대답했다.

"그런데요?"

"스펜에게 너에 대한 얘기를 들었다. 잠깐 얘기할 수 있을까?"

"말하세요."

"지금 말하긴 곤란한데 밤에 이쪽으로 올 수 있나?"

"그러죠. 광산 일이 완전히 끝난 후 1시간 뒤에 이쪽으로 올게요."

"그럼 그때 보자. 어~ 시원하다!"

누가 들으라는 듯 오줌을 싸곤 안으로 들어갔다.

'드디어 시작인가?'

노예들이 반란을 일으키려 한다는 건 이미 작년 겨울부터 들렸던 소문이다.

하지만 그게 실제로 언제 일어날지는 아무도 알 수 없었다.

내일이 될 수도 있었고, 내년이 될 수도 있었다. 그러나 이젠 그 시기가 왔음을 깨달았다.

사실 나 역시 이날을 기다렸다.

복수냐, 탈주냐를 결정 내릴 시간이었다.

'과연 모두 죽이고 탈출할 수 있을까?'

파이어 볼과 매직 미사일, 그리고 디그가 내 생각대로 작동이 되고, 가장 먼저 탐스와 자크 남작을 죽일 수 있다면 가능할 것 같다.

하지만 몇 번이나 쓸 수 있을지는 실험을 해보지 않아 미지수다.

만일 10번 이하로 사용된다면 필패다.

또한, 성인 노예들이 얼마나 조직적으로 움직일 수 있냐는 것도 관건이었다.

결정은 오늘 밤 얘기를 들어본 후에 하기로 마음을 먹었다.

구름이 잔뜩 낀 날이라 한 치 앞도 보기 힘들었다. 하지만 나에겐 마나로 보는 세계가 있었기에 어려움 없이 약속 장소로 향했다.

한 사람이 판잣집 뒤의 언덕 위 나무 옆에 숨어 있었다. 아까 만나기로 했던 남자와 같은 마나와 색깔을 지닌 이었다.

"쉿! 저예요."

"…유령처럼 나타났군."

나의 움직임에 다소 놀라는 것 같았지만 이내 침착함을 되찾고 얘기를 꺼낸다.

"도와줬으면 하는 게 있다."

"뭐죠?"

"난 반란을 일으킬 생각이다."

단호한 음색이 이미 목숨을 걸었다는 걸 느끼게 해준다.

"제가 가서 일러바치면 어쩌시려고 그런 말을 하는 겁니까?"

"죽을 각오는 이미 했다. 지금 이대로라면 좀 더 오래 산다는 것뿐이지, 결과는 모두 같다고 생각한다."

"일단 들어나 보죠. 제가 해야 할 일이란 뭐죠?"

"거사일에 이 약을 마법사들에게 먹여줬으면 좋겠다."

나무를 깎아 만든 병 모양의 약병을 나에게 건넸다. 이 근처에 나는 독약이라면 정제되지 않은 릴리즈액일 가능성이 높았다.

"제가 할 일은 이뿐인가요?"

"먹이고 도망 나와야겠지."

"그렇군요. 한데 제가 이 약을 그들에게 먹인다고 치고, 아저씨들은 어떻게 할 생각이죠?"

"그들이 저녁을 먹을 시간에 광산의 병력을 제거할 것이다. 그리고 바로 본부로 내려갈 생각이지."

"자크 남작은 제가 한 음식을 먹지 않아요. 그리고 그는 6서클 마법사예요."

"우리가 노예라고 무시하지 마라. 노예가 되기 전 병사였던 이들도 있고, 용병이었던 이들도 꽤 된다."

"혹시나 죽이지 못하면 어쩔 생각이시죠?"

"그땐……."

만일 끝까지 싸운다고 말한다면 난 탈주를 선택할 것이다.

마법사에 대해 많은 걸 안다고 생각하지 않지만 3서클에 불과한 나도 수십 명쯤 상대할 자신감이 있었다. 하물며 6서클이라면 광역 마법 한 방으로도 그 정도 인원을 죽일 수 있었다.

난 싸워보다가 안 되면 훗날을 기약할 생각이었다.

"…뿔뿔이 도망갈 생각이다."

원하는 대답이었다.

"좋아요, 해봐요."

"스펜 말대로 특이한 녀석이구나. 도망간다고 말하는데 일에 가담하겠다니……."

"죽음을 각오하는 것과 죽을 생각으로 달려드는 건 차이가 있다 생각하거든요. 죽을 각오는 하지만 궁극적으로는 살아야 되지 않겠어요?"

"내 생각도 그렇다."

난 그의 손에 있는 병을 건네받았다.

"넌 내가 널 일러바치는 것이 겁나지 않느냐?"

"저 역시 죽을 각오를 했거든요."

"어린애인 줄 알았더니 이제 보니 사내였군."

"그렇게 생각해 주시니 그렇게 행동해야겠네요. 거사 일은 언제죠?"

"15일 뒤, 이 판잣집 지붕에 속옷이 널려 있을 때다."

"빨아서 널어두세요."

"훗! 너무 큰 기대는 마라."

난 농담을 끝으로 일어났다.

15일 뒤라면 나 역시 서둘러야 했다.

그리고 피트의 두 번째 마법이 가능한지를 빨리 테스트해 봐야 했다.

내가 이곳을 탈출을 한다면 누구를 데리고 나갈까?

바로 떠오르는 이들은 청소 팀에선 몰린, 살틴, 지온, 모리스, 리브 정도였다.

예전에는 청소 팀 모두를 노예에서 풀어주고 싶었다. 한데 자크 남작이 오면서 힘들어지자 편할 때는 모르던 성격들이 나타났다.

현재의 청소 팀은 두 부류로 갈려 있었다. 그중 한 부류가 앞서 언급한 이들이었고, 다른 한 부류는 나와 지온이 편할 거라는 생각만으로 우리를 싫어하는 이들을 부팀장이었던 조던이 이끌고 있었다.

싫으면 지온이 갖다 주는 음식을 먹지나 말든가, 그건 당연히 팀원으로서 같이 먹어야 한다는 생각을 가진 이기적인 이들이었다.

난 지온에게 내가 생각한 바를 얘기했다.

"탈출할 생각이야?"

"아니, 일단은 싸워볼 생각이야. 하지만 너희들은 안 끼어들 었으면 좋겠어."

"우리도 힘이 될 수 있어."

"안 돼."

딱 잘라 말했다.

"너희는 신호가 떨어지자마자 챙길 것 챙겨서 다섯이서 예 전에 근무를 서던 초소 옆의 숲에 숨어 있어."

"산을 넘어갈 생각이야?"

"그 수밖에 없어. 성공한다면 굳이 그럴 필요는 없겠지. 하 지만 내가 볼 때 성공할 가능성은 별로 없어. 마법사를 우습 게 보지 마."

지온의 눈동자가 이리저리 움직였다.

그가 생각을 할 때 버릇이라는 걸 알기에 가만 내버려 뒀 다. 한참을 생각하던 지온의 눈동자가 멈추며 심각해졌다.

결심을 했다는 뜻이다.

"식량은?"

"내가 준비해 뒀어. 더 챙길 수 있으면 좋겠지만 그때 가서 봐야지."

"한데 정말 우리만… 갈 거야?"

"응. 다 데려갔다간 모두 죽을 수 있거든. 데려가고픈 사람이 있어?"

"아니… 그냥 마음에 걸려서."

지온은 영악하고 얍삽하게 보이긴 하지만 의외로 속정이 깊었다.

그러나 다섯 명을 데리고 무사히 산맥을 넘을 수 있을지조차도 의문이었다.

"그들은 얌전히만 있으면 죽진 않을 거야. 그러니 걱정 마."

"휴~ 그래. 오히려 몬스터가 우글거리는 산맥을 넘어야 하는 우리가 걱정이다."

"그래. 그리고 혹시 스펜 아저씨와 얘기가 가능한 애들 있으면 한번 권해보라고 해."

"스펜 아저씨가 가려고 할까?"

"싫다면 어쩔 수 없지만… 왠지 마음에 걸리네."

"알았어. 그런데 신호는 어떻게 할 거야?"

"본부에 큰 폭발이 있을 거야."

"폭발?"

"그렇게만 알아둬. 위에서 보면 아주 화려할 테니까 금세 알아챌 수 있을 거야."

거사일이나 다른 것에 대해선 말해주지 않았다. 지금은 만에 하나라도 조심해야 할 때였다.

하루 일과를 마치고 숙소로 돌아왔다. 요 며칠 생각할 것이 많아 쉬지를 못해 당장에라도 눕고 싶었다.

"죽으면 실컷 잘 텐데, 뭐."

눈을 비비는 것으로 잠을 몰아내고 한쪽에 숨겨둔 타원형의 나무판들을 끄집어냈다.

그리고 톱을 이용해 불규칙한 톱니 모양으로 반을 잘랐다.

수직으로 반을 잘랐더니 둘을 결합했을 때 어긋나면서 마법이 실행이 되지 않는 경우가 있었다.

"이 정도면 괜찮겠어."

두 조각으로 나눠진 나뭇조각을 좌우에 들고 붙였다 뗐다 몇 번 반복해 봤다. 수직으로 잘랐을 때완 달리 아귀가 잘 맞았다.

만족한 난 곧장 두 개를 붙여서 디그 마법진을 새겼다.

"음, 몇 미터로 해야 하지?"

아직까지 성공한 적이 없으니 폭발력을 짐작으로 가늠할 수밖에 없었다. 너무 가까우면 나까지 다칠 테고 너무 멀면 엉뚱한 곳을 공격할 가능성이 높았다.

"여러 개 만들자."

고민은 길지 않았다. 그 시간에 더 만들면 그뿐이었다.

처음 하나를 만들 때는 두 시간이 걸렸지만 마지막 것을 만들 땐 한 시간도 채 걸리지 않았다.

"마나석을 꽂아두는 게 좋겠어."

만든 것들 중 하나의 디그 마법진을 활성화시켜 놓고 살펴보던 나는 마나 저장부에 쌓이는 마나양이 생각보다 적음을 알아냈다.

마나석이 없다면 잘해야 두 번 정도 쓸 수 있을 것 같았다.

좀 더 개량된 마법진을 개발해 낸다면 좋겠지만 그러기엔 시간이 너무 촉박했다.

결국 마나석까지 일일이 박고 나자 어느새 여명이 밝아오고 있었다.

"지금 자기엔 늦은 것 같네."

탐스의 아침을 준비하러 가야 할 때까진 두 시간쯤 남아 있었지만 눈을 붙이기엔 어정쩡한 시간이었다.

운동을 할까 하며 일어서다가 타원형 나무판이 남아 있는 것을 보곤 다시 주저앉았다.

두 개의 마법이 합쳐졌을 때 폭발하는 경우는 생각보다 많았는데 전격 계열과 수빙 계열도 그중 하나였다.

"화염만 고집할 이유는 없지."

다시 손 위에서 톱과 펜이 춤을 췄다.

*　　　　*　　　　*

다른 준비는 착착 진행되어 가는데 도무지 합성 마법—피트가 펼쳤던 마법에 나름 이름을 붙였다—을 테스트할 기회가 생기지 않았다.

한데 하늘의 도움인가?

거사 5일 전, 며칠 째 오락가락하던 비가 오늘은 미친 듯이 내리고 있었다. 게다가 천둥, 번개까지 동반하니 테스트하기엔 최고의 날이었다.

"아우스, 지온, 물이 잘 내려가지 않아. 배수로를 살펴봐야겠다."

"네, 알겠습니다."

간부들의 저녁 식사를 준비하던 병사가 바닥에 물을 부으며 말한다.

"지온, 넌 있어. 내가 가볼게. 혹시 탐스 님이 일찍 오시면 준비해 뒀으니까 순서대로 드려. 메인 요리는 끓여서 드리기만 하면 될 거야."

"그래."

요리를 할 때 사용하는 앞치마를 풀어놓고 뒷문으로 나갔다.

후두두두두두두둑!

"하늘에 구멍이 났나 보네."

건물의 지붕을 뚫을 듯 쏟아지는 빗방울은 하나하나가 따끔거릴 정도로 크고 빠르게 내리고 있었고, 바닥은 배수가 안 되는지 서서히 차오르고 있었다.

난 삽을 들고 배수로를 향해 걸었다.

"…막힌 게 아니잖아?"

배수로는 이미 바닥과 같은 높이로 그 기능을 전혀 하지 못

했고, 광포하게 흐르는 물의 힘에 알 수 없는 공포심이 스멀스멀 올라온다.

하지만 나에게 필요한 건 합체 마법의 실험. 홍수가 난다고 해도 별 의미가 없었다.

발걸음을 광산 쪽으로 돌렸다.

아무래도 마나의 유동 때문에 이런 날이라고 해도 본부 근처에서는 실험을 할 수가 없었다.

"뭐야?"

계곡의 냇가를 건너 주거지 쪽으로 올라가려 했는데 내(川)가 아니라 마치 강물처럼 흐르고 있어 건너기가 불가능했다.

감시 병사에게 댈 핑계를 생각하며 광산 쪽으로 올라갔다.

하지만 산에서 흘러내리는 물살에 걸음을 옮기기 힘들 정도였다.

"아우스, 어딜 가는 거냐?"

"지금 본부 있는 곳에 물이 차오르고 있어요. 그래서 이유를 알아보기 위해 올라가 보려고요."

"후딱 보고 와. 괜히 그러다 다친다."

"계곡물이 많이 불었으니 쓸려가지 않도록 조심하세요."

항상 음식을 갖다 줘서인지 걱정하는 듯한 말투에 나도 모르게 조심하라 말했다.

엔트 할아버지 사건 이후에 청소 팀과 스펜을 제외하곤 정을 주지 않으려 노력했다. 어차피 자크 남작 일행과는 서로 죽고 죽여야 할 상대였다.

한데 그게 마음대로 되지 않는 모양이다.

아저씨만 어떻게 살릴 수 없을까 하는 고민을 하며 산을 올랐다.

산을 오를수록 흘러내리는 물의 양이 줄었지만 발을 내디딜 때마나 흘러내리는 토사 때문에 발을 옮기기가 쉽지 않았다.

"여기가 적당하겠다."

벌목 현장은 비나 눈이 많이 오면 광산 일을 거들었기에 지금은 아무도 없었다.

호주머니에 넣어뒀던 마법진이 새겨진 두 개의 패를 꺼냈다.

오른손엔 사각형에 삼각형이 붙어 있는 집 모양의 나뭇조각이, 왼손엔 정사각형 네 면이 삼각형 모양으로 패여 있는 모양의 나뭇조각이 들려 있었다.

3미터, 5미터, 10미터, 15미터로 디그 마법을 펼칠 수 있게 해둔 것이다.

미터마다 나무패를 만들다 보니 나무패가 너무 많아 들고 다니기 힘들어 개량했다.

"후우우~"

숨을 고르고 눈을 감았다. 가벼운 흥분이 몸을 떨게 만들었다.

서클을 돌리며 두 손으로 마나를…….

우우우우우우웅~

"…뭐, 뭐지?"

산 전체의 마나가 울부짖는 소리에 서클을 멈췄다.

순간 알 수 없는 불안한 느낌에 소름이 온몸에 돋았다.

"서, 설마?"

산에서 빠져나오는 마나가 갈수록 많아졌고, 빠져나온 마나들은 산 위에서 미친 듯이 소용돌이치고 있었다.

"산사태?!"

생각과 동시에 몸을 날려 광산으로 향했다.

미끈! 주르르르르~

미끄러지며 여기저기 상처가 생겼지만 아픔을 느낄 새가 없었다.

몰린도, 살틴도, 리브도… 거의 모든 노예가 광산에 있었다.

"넌 뭐냐?"

여러 개의 광산 입구 중 가장 가까운 곳으로 들어가려 했지만 지키고 있던 병사들이 창을 들어 막는다.

"피, 피해야 해요. 산사태가 일어날 거라고요."

"미친 새끼! 가만… 너 탐스 경의 시종인 아우스 맞지?"

"맞아요! 안에 빨리 알려야 해요."

"이 새끼가! 탐스 경이 아낀다고 눈에 보이는 게……."

병사들이랑 말다툼하고 있을 시간이 없었다. 난 두 사람 중한 명을 밀치고 안으로 뛰어들어 갔다.

"거기 서!"

뒤에서 외치는 소리를 무시하고 중앙 광장까지 달렸다.

"피해야 해요! 산사태가 일어난다고요! 피해요! 산사태가 일어나요!"

"저 새끼 뭐야? 잡아!"

난 병사들을 피하며 갱도를 향해 소리쳤다.

하지만 마법사인 간부들의 손길까진 피할 수 없었다. 번개처럼 다가와 내 다리를 걸었고, 심하게 넘어진 날 밟았다.

"이 새끼, 너 돌았어!"

"산사태가 일어난다고요. 제 말을 믿어주세요. 모두 위험하단… 큭!"

"닥쳐!"

발길질이 얼굴에 박혔다. 눈앞이 번쩍하며 정신이 잠깐 멍해졌다.

"탐스 경이 아무리 널 감싸줘도 이번만은 용서 못 한다. 노예 주제에 여기가 어디라고 들어와서 소란이야!"

하지만 덕분에 머리가 차갑게 식었다.

눈을 감았다. 마나로 보는 세계로 간부들의 위치를 파악했다.

간부는 총 세 명. 이들만 처리한다면 병사들 따윈 문제될 것이 없었다.

서둘러야 했다. 이젠 땅이 서서히 떨리고 있었다.

"미친놈의 소리는 신경 쓰지 마라! 모두 제자리로 돌아가 일하라!"

내 목소리를 듣고 갱도 앞에 나와 눈치를 보던 노예들은 간부의 외침에 다시 안으로 들어가 버렸다.

난 호주머니의 나무패를 꼭 잡으며 말했다.

"크크크! 병신 새끼! 마법사라는 놈들이 지금 마나가 요동치는 게 느껴지지 않아?"

"뭐? 이 고블린 같은 자식이!"

"이젠 땅도 흔들리고 있다고, 이 새끼야!"

다시 발길질을 하려는 놈의 다리를 피하며 반대편 다리를 후려쳤다.

갑작스러운 나의 공격에 나처럼 바닥에 쓰러지는 놈.

놈의 얼굴로 손을 뻗으며 외쳤다.

"파이어 볼!"

마법진을 이용한 마법이므로 굳이 외칠 필요는 없었다. 하지만 첫 마법을 이용한 싸움이었기에 잔뜩 긴장해 나도 모르게 외친 것이다.

시뻘건 불덩이가 놀란 표정을 짓는 놈의 얼굴에 정확히 파고들며 터지는 걸 끝으로 빙글 돌며 양손을 두 간부를 향해 뻗었다.

"파이어 볼! 매직 미사일!"

왼손에선 매직 미사일이 오른손에선 파이어 볼이 두 간부에게 날아갔다.

전혀 생각지도 못한 공격이었을 텐데 한 놈은 피했다. 공기를 압축해 쏘는 매직 미사일에 비해 눈에 확연히 보이는 파이어 볼을 본능적으로 피한 것이다.

그리고 중단전 부근에 빛이 나며 그의 손 부근에 붉은 파이어 볼이 생성된다.

3서클로는 처음이지만 이미 수많은 연습을 했었다.

픽! 픽! 픽! 픽!

놈이 쏜 파이어 볼과 심장, 그리고 피할 것 같은 곳으로 매직 미사일을 연속해서 발사했다.

"크아아악!"

막 생성된 파이어 볼에 매직 미사일이 박히며 터졌고 불덩이가 놈의 온몸을 감싼다.

하지만 다음으로 날아간 매직 미사일이 심장을 뚫으며 고통을 줄여줬다.

"……!"

순식간에 벌어진 일에 10여 명의 병사는 무기만 움켜진 채 얼어 있었다.

난 망설임 없이 그들을 향해 매직 미사일을 발사했다. 단발마의 비명이 들리고 몇 명이 쓰러지자 남은 병사들은 도망가려 했지만 이미 내가 만들어낸 마법들은 그들 모두를 향한 상태였다.

병사들도 모두 쓰러지자 난 갱도로 뛰어들었다.

"산이 무너져요! 빨리 나와요!"

옛 이야기의 양치기 소년이 된 기분이다. 외쳤지만 나오는 이는 없었다.

"젠장!"

거칠게 욕을 뱉곤 깊은 곳까지 뛰었다.

하나의 갱도가 내가 일할 때와 비교가 안 되게 파여 있었다.

"매직 미사일!"

감시하던 병사를 처치하자 비로소 채광장이 나타났다. 그리고 반가운 얼굴, 몰린이 곡괭이질 하는 모습이 보인다.

"산이 무너진다고요. 몰린! 어서 밖으로 나가!"

"아, 아우스! 여, 여기서 뭐 해?"

"길게 얘기할 시간 없어. 이 갱도에 있는 사람들에게 빨리 전달해! 본부 쪽으로 무조건 뛰라고."

"진짜냐?"

"산이 무너진다고?"

다른 노예들이 물었지만 여기까지였다. 땅의 흔들림이 차츰 커지고 있었다.

'왜 느끼지 못하는 거야!'

허리 부근이 긴장이 되어 따끔거릴 정도로 땅이 흔들리는데 왜 사람들이 느끼지 못하는지 이해가 되지 않았다.

두 번째 갱도의 경비병은 채광장 가까이에 있었다. 그가 심장에 구멍이 뚫려 죽자 노예들의 눈은 일제히 날 향한다.

"빨리 본부 쪽으로 피해요. 잠시 후 무너진다고요!"

이번 갱도엔 리브 형과 모리스 형, 스펜이 함께 있었다.

내 절박한 표정이 통했는지 곡괭이를 던지며 스펜이 먼저 움직였다.

"빨리들 나가! 뭐 도와줄 일 없냐?"

"스펜 아저씨는 옆에 갱도에 알려주시고 피하세요. 전 먼저 갈게요."

그는 빠르게 내 옆으로 뛰어와서 물었다. 하지만 그와 보조를 맞출 시간이 없었다. 난 스펜 아저씨를 믿고 그 다음 갱도로 들어갔다.

드드드드드드드!

마지막 갱도에 들어갔을 때 드디어 육안으로 흔들림을 볼 수 있었다.

외칠 필요도 없었다.

"무, 무너진다!"

모두들 일하던 장비를 팽개치고 뛰기 시작했다.

나도 잠깐 숨을 고른 후 그들의 뒤를 따랐다. 하지만 중앙 광장에서 본부와 가장 가까운 입구는 긴가민가하며 광장에서 기다리던 노예들이 광산 전체가 흔들리는 지금에서야 도망가려 해서 혼잡하기 이를 데 없었다.

"오크만도 못한 새끼들!"

분통이 터졌다. 기껏 실력까지 드러내며 알려줬는데도 이 모양이다.

난 본부와 두 번째로 가까운 입구로 향했다. 계곡과 가까워 위험한 곳이었지만 이대로 있다간 어차피 죽을 것 같았다.

구구구구구구궁!

어디서부턴가 무너지기 시작하는지 무너지는 소리와 엄청난 울림이 귀에 들려온다.

'살았다! 입구다!'

여전히 강력한 비가 내리고 있었지만 광산에서 나왔다는 것만으로 기뻤다.

"씨발……!"

콰콰콰콰콰콰콰!

하지만 입구에서 나오자마자 계곡 쪽을 바라보곤 불량배일 때 습관적으로 뱉던 욕을 뱉었다.

칠흑과 같은 어둠 속에서 흙과 돌로 이루어진 파도가 산 위에서 계곡 전체를 덮으며 다가오고 있었다.

피할 곳도 없었고, 피하기에도 늦었다.

한데 이 순간에 심장이 강력하게 두근거렸다.

"킥킥킥! 이 와중에도 먹고 싶냐, 이 망할 놈의 몸아!"

심장의 두근거림이 가장 강력했던 곳.

지금 서 있는 곳은 마나지가 있을 곳이라 예상되던 곳이었다.

죽기 직전에 인생을 되돌아본다고 했던가?

한데 되돌아볼 삶이 너무 많았기에 손에 들고 있는 두 개의 나무패를 바라본다.

"그래. 먹고 싶다면 먹어봐. 땅은 내가 파줄게."

중단전의 서클을 돌리며 두 손으로 마나를 보냈다.

3미터 앞쪽에 디그 마법이 펼쳐지게 왼쪽 나무패를 돌리고 왼손과 오른손을 땅으로 향하게 한 후 붙였다.

푸왁!

파이어 볼과 매직 미사일이 하나가 되었고, 그 순간 디그 마법은 3미터 아래, 땅속으로 두 마법을 옮겼다.

쿠웅!

땅이 들썩거렸다.

"하하하하! 성공이다!"

하지만 이번 삶은 끝이었다. 검은 파도가 나보다 몇 배나 커 보이는 바위들마저 집어삼키며 눈앞까지 와 있었다.

'엔트 할아버지, 모시러 가기로 했는데… 죄송해요.'

눈을 감았다.

한데 검은 파도가 날 삼키려는 순간, 바닥이 쑥 꺼지며 아래로 빨려 들어갔다.

퍽! 쾅!

그러나 파도가 약간 빨랐다.

둔탁한 무엇이 머리를 강타하며 정신을 잃었다.

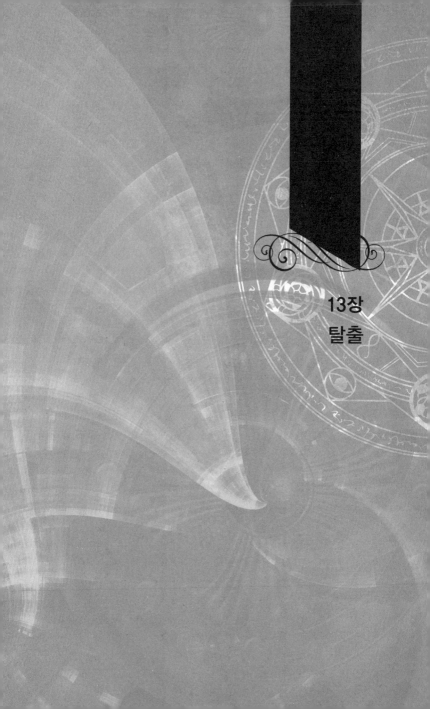

13장

탈출

"으~ 머리야!"

정신이 들자마자 깨질 듯한 두통이 밀려와 살아 있음을 말해준다.

무지막지한 산사태에 살아 있음에 감사했다. 하지만 두통으로 살아 있음을 느끼기엔 아파도 너무 아팠다.

몸도 아프긴 했지만 머리에 비하면 멀쩡한 편이었다.

아픔에 무뎌질 때쯤 비로소 내가 낯선 장소에 있음을 인지했다.

아무것도 보이지 않는 어둠의 장소.

그러나 눈을 감자 빛으로 이루어진 공간이었다.

"하아!"

그 아름다운 광경에 절로 감탄이 튀어나왔다.

그리고 심장은 내가 살아났음을 반기는 건지, 뭔가를 삼킬 수 있는 내가 깨어났음을 반기는지 미친 듯이 뛰고 있었다.

"라이트!"

빛을 만들어내고 눈을 떴다.

"…마나지?"

라이트의 눈부심에 잠시 시력을 잃었지만 차츰 익숙해지며 전설 속의 마나지가 눈에 들어왔다.

연못이라기엔 표현하기엔 사실 너무 작았다. 그저 식사를 할 때 사용하는 접시 정도 크기였다.

"바닥이 순수 마나석이군."

마나지는 마나석의 맥에 구멍을 만들어 고여 있었고, 위로는 여러 개의 마정석이 박혀 있었다. 그리고 마정석에 떨어질까 말까 하는 물방울이 달려 있었다.

"할아버지의 말씀이 맞았어."

마나지의 물은 새파란색이었다.

목이 마르고 허기가 졌다.

어느새 난 몸을 숙이고 마나지에 입을 갖다 대고 마시고 있었다.

아무 맛이 없는 걸쭉한 스프를 먹는 것 같았다.

꿀꺽! 꿀꺽! 꿀꺽!

양이 적을 줄 알았는데 의외로 많았다.

배가 차게 마시고, 혀까지 동원해 바닥을 몇 번이고 핥았다.

그리고 위에 달린 마정석에 달린 방울까지 혀로 핥고 나서야 비로소 내 정신이 돌아왔다.

"미친… 개도 아니고 핥기까지야."

난 등 뒤에 있는 나무처럼 생긴 점(?)을 욕했다.

나에게 일어나는 이상한 일들이 점 때문이라 생각하고 있었다.

"근데 왜 이렇게 졸리지?"

눈을 비비며 정신을 차리려 했지만 먹을 때와 마찬가지로 내 의지와는 상관없이 눈이 감겼다.

결국 눈꺼풀의 무게를 이기지 못하고 잠이 들었다.

*　　　*　　　*

얼마나 잤을까.

다시 눈을 떴을 땐 아픈 곳이 없었다. 꿈인가 싶어 라이트를 켜고 마나지가 있던 곳을 바라봤다.

"꿈은 아니었구나."

마나지를 다 마셨으니 뭔가 변화라도 있을까 싶어 중단전을 살펴봤다.

"대마도사가 된다는 건 거짓이었군."

최소 5서클 정도는 되지 않을까 싶었는데 여전히 3서클이었고, 별다른 변화도 없었다.

아니, 한 가지가 있었다.

점이 커지다 못해 온몸으로 번졌다는 것이다.

"이, 이거 왜 이래?"

나뭇가지에 해당되는 점이 손에는 물론이고 발, 심지어 배까지 뻗어 있었다.

문신처럼 멋있기라도 하면 좋겠지만 마치 가시나무처럼 뾰쪽뾰쪽한 것이 징그럽기 짝이 없었다.

"네 맘대로 해라. 대신 할아버지를 구할 때까지만 버텨다오."

지온과 샤워를 하며 점이 점점 커진다는 걸 알아내곤 나름 생각을 했다.

마정석, 마나석 등 유독 마나에 탐한다는 사실을 깨달은 난 이 점(?)이 밝혀지지 않은 몬스터거나 마족의 일종으로 사람의 몸을 숙주로 삼아 마나를 흡수하는 생명체라는 생각에 이르렀다.

물론 아우스 이전의 9번의 삶도 설명이 됐다.

이런 생각에 이르렀을 때 떼어낼 방법이 없을까도 고민을 해봤지만 일단은 포기 상태였다.

그저 죽기 전에 엔트 할아버지만 구할 수 있으면 좋겠다는 생각이었는데, 설령 이 괴생명체가 인류를 멸망시킬 마왕이라 해도 상관은 없었다.

그땐 내가 이 세상에 없을 테니까 말이다.

"이제 슬슬 살아갈 방도를 찾아볼까?"

내가 떨어진 이곳은 천연적으로 생긴 굴로 손을 뻗으면 천장이 닿을 정도로 그리 크지는 않았다.

마나지가 있던 곳은 막혀 있고 반대편으로 가야 했다.

"챙길 건 챙겨야지."

지금 이대로 두면 다시 마나지가 생길 가능성이 높았다.

하지만 내일을 모르는 내가 수백, 아니, 수천 년 뒤까지 생각할 필요 없었다.

무엇보다도 자크 남작 놈들에게 절대 들켜서는 안 될 곳이었다.

"디그!"

500년 전만 하더라도 3서클인 디그 마법이었다.

마정석이 있던 자리가 순간 사라지며 내 옆에 나타난다. 마치 칼로 도려낸 듯 깔끔하게 잘려 있었다.

마나석까지 챙길까 하다가 이미 챙겨둔 것도 있고 혹시 도망가야 할 때 거치적거릴 것 같아 내버려 두었다.

"절대 안 먹을 거다, 이놈아!"

다시 먹으라고 야단치는 점(?)의 말을 무시하고 마정석을 챙겨서 걸음을 옮겼다.

굴은 꽤나 길었다.

기어서 나가야 하는 곳도 있었고, 너무 좁아 뚫어야 하기도 했다.

"그냥 위로 뚫을 걸 그랬나?"

꽤 걸었음에도 끝이 보이지 않자 떨어진 곳 천장을 뚫는 것이 낫지 않았을까 생각해 봤다.

그러나 지금쯤 날 쫓고 있을지 모르는데 적진 한복판에 나타날 수는 없었다.

모든 것이 그러하듯 끝은 있었다.

그리고 끝에는 지름 2미터 정도 되는 연못이 있었다.

"후룩! 쩝쩝! 깨끗한 물이네."

물맛을 보며 천장과 주변을 살폈다. 물기가 있는 부분이 없었다.

이 말인즉 연못이 다른 곳과 통한다는 얘기.

라이트를 비춰 보자 바닥이 보이지 않았다.

깊이 숨을 들이쉬고 물속으로 들어갔다. 라이트를 만들어 살펴보니 어디론가 통하는 구멍을 찾을 수 있었다.

"길다 싶으면 돌아와서 다른 방도를 찾으면 되겠지."

밖으로 나와 다시 길게 숨을 들이쉰 후 구멍으로 들어갔다.

다행히 그리 길진 않았다.

"…푸후우우~ 흐으으으읍!"

밖은 밤이었다.

입까지만 살짝 떠올라 숨을 쉬곤 위치가 어디쯤인지 주변을 살폈다.

산을 기준으로 살펴보니 대충 어디쯤인지 알 것 같았다. 병사들이 지키는 초소에서 조금 떨어져 있는 냇가 쪽이었다.

언제 산사태를 일으킬 정도로 비가 왔냐는 듯 달은 세상을 밝게 비추고 있었다. 조심스럽게 냇가 옆 숲으로 들어갔다.

'이쪽이 엔트 할아버지의 집 쪽이지.'

가파르긴 했지만 못 올라갈 정도는 아니었다.

나무를 잡으며 들키지 않게 조심스럽게 올라갔다. 그리고 어느 정도 올라가자 마법 실험을 하며 뛰어다녔던 숲이 나왔다.

조금 더 위로 가자 내가 탈출할 때를 대비해 준비해 둔 음식물과 릴리즈액 등을 숨겨뒀던 곳이 나왔다. 그곳에 동굴에서 떼어온 마정석을 그곳에 숨겼다.

그리고 여벌로 만들어둔 합성 나무패를 들고 청소 팀이 있는 곳으로 향했다.

달빛에 보이는 마나 광산은 전설의 거인이 밟은 듯 한쪽이 완전히 주저앉아 있었고, 계곡은 산과 산 사이에 있어서 계곡이라고 불릴 뿐 엉망진창이었다.

'하나, 둘, 셋… 열일곱. 5명이 죽은 건가?'

청소 팀의 인원은 나를 제외하고 총 21명이었다. 혹시 전투 마법사가 숨어 있을까 한 명씩 꼼꼼히 체크를 한 후에 벌어진 벽 틈으로 슬립 마법을 걸었다.

집 안으로 들어가자 희미한 마나등 아래 잠들어 있는 아이들이 보였다.

"몰린, 일어나."

몰린에게 걸린 슬립 마법을 풀고 흔들어 깨웠다.

"아, 아우스?"

"쉬이! 조용히 얘기해."

"사, 살아 있었구나. 나, 난 네가 죽은 줄 알고······."

"컥!"

억센 몰린의 팔이 온몸의 뼈를 부수듯 옭아맨다.

"이거 좀 풀어. 그리고 자세히 말해봐. 누가··· 죽은 거야?"

난 자는 얼굴들을 확인하다 지온이 없음을 알았다.

한데 이상하다. 지온은 분명 그날 본부에서 간부들의 식사를 준비하고 있었다.

"세, 셋이 죽었어."

"지온도?"

"아, 아냐. 지, 지온은 지금 본부에 잡혀 있어."

"자세히 말해봐."

"그, 그러니까 10일 전 그날······."

젠장! 잠깐 잠들었다고 생각했는데 10일이나 흘렀을 줄이야.

마음이 급해서인지 몰린의 더듬거리는 말투가 거슬렸다. 그러나 차분히 그의 말이 끝날 때까지 기다렸다.

몰린의 얘기인즉, 산사태가 일어난 그날 내 말을 듣지 않고 중앙 광장에 모여 있던 100여 명이 광산을 채 빠져나가기 전에 산사태에 깔려 죽었다.

그리고 나 역시 그때 죽은 것으로 되었다.

비가 그치자 본격적인 복구 작업에 들어갔는데 나흘 뒤, 나 대신 지온이 간부들의 음식에 독을 타는 것으로 하고 원래 계획대로 반란이 일으킨 것이다.

"러, 러스 그, 그 자식이 간부들에게 일렀어!"

"러스가 어떻게 계획을 알아낸 거야?"

"지, 지온은 러, 러스가 고향에 두고 온 도, 동생을 닮았다고 어, 엄청 챙겼거든."

바보 같은 자식!

탈출을 한다고 했을 때 주저했던 이유가 러스 때문일 줄이야.

몰린의 얘기는 계속됐다.

반란은 싱겁게 제압됐고, 지온, 스펜, 부르터—나와 얘기한 적 있는 계획을 주동했던 사람—세 사람이 반란의 주동자로 붙잡힌 것이다.

다른 노예들에겐 족쇄가 채워졌고, 세 사람은 반란 주동자로 곧 처형을 한다는 소식이었다.

"바로 죽이지 않은 이유가 뭐래?"

"모, 몰라. 누, 누가 온다는 얘기도 있는데 저, 정확한 얘기는 아냐."

대충 이해가 되었다.

자크 남작은 광산에서 일어난 사고를 세 명에게 덮어씌우려는 속셈일 것이다. 온다는 사람은 분명 공작가의 가신 중 한 명일 터.

그들이 도착하기 전에 세 사람을 구해서 도망가야 한다.

"언제 온대?"

"모, 몰라."

"알았어. 세 사람은 일단 내가 살펴보고 올 테니까 당장 떠날 준비해 둬."

"다, 당장?"

"그래."

난 리브, 모리스, 살틴에게 걸린 마법을 풀어주고 내 계획을 간단히 설명했다.

"한데 정말 산을 넘을 생각이야?"

"네, 형."

"가능할까……?"

리브의 의문은 떠나는 모두가 공통적으로 가진 두려움이었다. 가능할까가 아니라 살 수 있을지를 묻는 것이었다.

"이미 끝난 얘기였잖아? 여기 평생 노예로 있을 사람은 있어. 난 죽어도 갈 거야."

살틴은 생각할 필요가 없다는 듯 자리에서 일어나 밖으로 나가려 했다. 하지만 족쇄를 생각 못 했는지 앞으로 넘어졌다.

"빌어먹을! 족쇄는 도무지 적응을 못 하겠어."

"이리 와요."

난 살틴의 발에 채인 녹슨 족쇄를 잡았다. 그리고 하단전의 기운을 손끝으로 보내며 족쇄를 벌리려 했다.

"미친 새끼, 그게 손으로⋯⋯!"

기이익~ 빠직!

연결 부근이 부서지며 한쪽 발의 족쇄가 풀렸다.

황당하다는 표정을 짓는 살틴의 다른 쪽 족쇄까지 부순 후 리브와 모리스, 몰린을 돌아보며 말했다.

"장담은 못 해요. 하지만 불가능하다고 생각하지 않아요."

"⋯⋯."

아무도 말하지 않았다. 다만 결심을 한 듯 모두 발을 내밀었다.

족쇄를 풀어주고 청소 팀의 판잣집을 나와 릴리즈액을 챙겼다. 죽진 않았지만 멀쩡하지 않으리라는 생각에서였다.

조심스럽게 광산 본부로 다가갔다.

냇가에 병사들이 지키던 초소는 사라졌지만 반란이 일어나서인지 경비는 훨씬 삼엄했다. 그러나 날 발견한 병사는 아무도 없었다.

'내가 갇혀 있었던 곳이군. 아직 죽진 않았어.'

마나지가 마나 친화력을 더 높였는지 마나로 보는 세계는 그 범위가 훨씬 더 넓어졌다.

단점은 너무 많은 정보량에 머리가 은근히 아파온다는 것이다.

미동도 없이 감옥에 누워 있는 세 사람. 몰린의 말처럼 죽지는 않고 갇혀 있음 알게 되었다.

또한 러스가 내가 지내던 창고에서 자는 것이 느껴졌다. 성질 같아선 당장 목이라도 꺾어버리고 싶었지만 쓸데없는 데 시간을 낭비할 필요 없었다.

만일 내가 하던 일을 그가 맡았다면 머지않아 탐스의 손에 죽게 될 것이다.

'식당 쪽이 좋겠군.'

러스를 무시하고 세 사람에게 집중하기로 했다.

복도를 오가며 순찰하는 네 명의 병사가 있었지만 다행히도 일반 병사들이었다.

하지만 가까운 곳에 간부 마법사들은 잠을 자거나 수련 중에 있었기에 함부로 마법을 쓰거나 소란을 일으킬 순 없었다.

감시하는 병사들의 눈을 피해 지하 감옥 입구까지 도착해 자물쇠를 천천히 비틀었다.

뜨득! 끼이이익~

고리가 뜯기고, 낡은 철문이 열리는 소리가 내 귀엔 천둥처럼 크게 들렸지만 다행히 순찰 중인 병사들은 듣지 못한 모양이다.

'윽!'

구토가 날 정도의 악취가 코를 찔렀다.

그러나 시간이 없었기에 인상을 찌푸린 채 조용히 그들을 불렀다.

"지온, 스펜 아저씨."

"……."

내 목소리에 지온만이 잠깐 움찔할 뿐이었다.

창살을 양쪽으로 벌린 후 안으로 들어갔다. 그리고 그들을 옭매고 있던 수갑과 족쇄를 풀었다.

"아, 아우… 스?"

"그래, 인마. 왜 나서서 이 고생이야? 잠깐만 기다려."

입을 다쳤는지 말투까지 이상하게 변한 지온에게 릴리즈액을 손가락으로 찍어 그의 입에 넣었다.

잠시 후 울긋불긋하던 그의 입에서 시작된 파란 기운이 온몸을 뒤덮으며 곧 안정을 되찾았다.

"살아 있었구나! 스펜 아저씨가 네가 죽었다고 했었어."

"나도 죽는 줄 알았다. 한데 신이 도왔어."

"정말 다행이다."

난 지온과 얘기를 하면서 스펜과 부르터에게도 릴리즈액을 먹였다.

"누, 누구……?"

"쉿! 스펜 아저씨, 저 아우스예요. 길게 얘기할 시간 없어요. 여길 나가고 난 뒤에 얘기하기로 해요. 움직이는 데 불편한 곳 없으시죠?"

"포션을 먹인 거냐?"

"네. 부르터 아저씨도 불편한 곳 없으시면 조용히 절 따라오세요. 참, 옷은 다 벗어버리세요. 냄새를 최대한 없애야 해요."

"탈출할 생각이냐?"

"네. 조용히 저만 따라오면 문제가 없을 거예요."

창살 밖으로 나온 세 사람을 향해 1서클 워터 마법을 사용했다.

지금 상태라면 냄새 때문에 걸릴 가능성이 너무 높았기에 위험을 무릅썼다.

"너… 마법사였냐?"

난 스펜의 말에 대답하지 않고 혹시나 내 마법에 반응하는 이들이 있는지를 살폈다. 다행히 1서클 마법에 움직이는 마법사들은 아무도 없었다.

적당히 씻은 것을 확인하고 감옥 문을 열며 나지막이 말했다.

"나중에 말씀드릴게요. 안전한 곳까지 벗어날 때까진 아무 말도 말고 따라오세요."

무사히 구출한 이상 빠져나가는 건 어렵지 않았다. 산으로 올라갈 때 두 번 걸릴 뻔했지만 슬립 마법으로 무사히 리브 일행과 만나기로 한 초소 앞까지 갈 수 있었다.

"지, 지온, 사, 살아 있었구나!"

"몰린! 리브 형!"

"윽! 무, 무슨 냄새야?"

지온과 포옹을 하던 몰린은 지온을 밀쳐내며 코를 붙잡았고, 그제야 세 사람이 벌거벗고 있다는 것과 심한 냄새가 난다는 걸 알아차린 모양이다.

"챙겨온 것 중에 옷이 있으면 다 꺼내서 아저씨들과 지온에게 줘요."

살틴을 제외하곤 모두 겨울옷을 챙겨왔다. 벌거벗은 세 사람은 그걸 대충 걸치고 남은 것은 신발 대신 발에 묶었다.

"아침이 되면 놈들이 쫓기 시작할 거예요. 오늘 밤은 밤새도록 걸어야 하니 단단히 준비하시고 따라오세요."

"이대로 출발할 거냐? 추적은 둘째 치고 먹을 것 없이는 산맥을 넘기 힘들 거다."

부르터가 걱정스럽다는 듯 말했다.

"걱정 마세요. 어느 정도 준비해 뒀으니까요. 일단 스펜 아저씨랑 부르터 아저씨가 뒤를 맡아주세요. 그럼, 출발할게요."

나를 따르는 일곱 명의 얼굴엔 공통적으로 쫓아올 병사들에 대한 두려움과 리더가 되어 이끄는 나에 대한 의구심이 있었다.

하지만 지금은 설명을 할 수도 없었고, 시간도 없었다.

가장 먼저 해야 할 일은 최대한 거리를 벌리는 일이었다.

감옥에서 탈출했다는 사실이 발견되지 않는다고 해도 노예들이 잠에서 깨면 우리의 탈출 사실을 알게 될 것이 분명했다.

'최대 4시간인가?'

달의 위치로 시간을 대충 짐작하곤 걸음을 내디뎠다.

*　　　*　　　*

땡땡땡! 땡땡땡! 땡땡땡!

하루가 시작되었음을 알리는 종소리에 얼핏 잠에선 깬 조던은 매일 그랬듯이 습관적으로 외쳤다.

"몰린! 아침 받아와!"

리브를 여전히 팀장이라 부르는 애들이 있었지만 이젠 이름뿐인 팀장이었다.

보다 많은 패거리를 가진 자신이 명령을 했고, 리브는 별다른 말을 하지 못했다.

운동을 하고 있다가 자신이 소리치면 '으, 응. 알, 알았어', 이런 대답을 하고 식사를 타러 가던 몰린이 오늘따라 말이 없었기에 다시 한 번 고함을 쳤다.

"몰린! 너 이 새끼 대답 안 해?"

"······.

하지만 역시나 아무런 반응이 없었다.

'벌써 타러 간 건가? 이 새끼, 오면 두고 보자.'

그동안 살틴이 워낙 살기 어린 눈빛으로 쳐다봤기에 사실 약간 겁을 먹고 있었다. 그러나 지온이 반란의 주동자로 지목 되면서 한풀 꺾였다.

조던은 이럴 때 완전히 이곳을 장악해야 한다고 생각했다.

살틴이나 리브가 까불면 어떻게 처리할까 고민하며 조금이라도 더 누워 있고자 뒤척거렸다.

차락!

뒤척이다 보니 머리에 족쇄가 닿으며 소리를 냈다.

"어떤 새끼가 내 얼굴에 발을······!"

발이 얼굴 근처에 있다는 생각에 기분이 나빠진 조던은 벌떡 일어났다.

하지만 족쇄는 있었지만 발은 없었다.

그리고 뒤척거리는 아이들 사이에 몇 개의 빈자리가 눈에 보였다.

"타, 탈출?"

네 개의 주인 잃은 족쇄를 멍하니 보던 조던은 벌떡 일어난 후 산 아래로 뛰어 내려간다.

그의 머릿속은 한시라도 빨리 이 사실을 알려야 된다는 생각뿐이었다.

기상 종소리에 잠에선 깬 탐스는 침대에 앉은 채 악귀처럼
인상을 굳히고 있었다.

"이 꼬맹이가……."

으득!

몇 번이고 새로 시종이 된 아이의 이름을 불렀지만 대답은
없었다.

예전의 아우스는 기상종이 치고 자신이 일어났다는 기침
소리만 나도 세숫물과 아침을 가지고 왔었다. 한데 이놈은 벌
써 두 번이나 경고를 했지만 귓등으로 듣는지 오늘도 마찬가
지였다.

결국 지나가는 병사에게 당장 깨워오라고 명령을 하고 기
다리는 참이었다.

"타, 탐스 님."

"들어와!"

부스스한 머리로 세숫물을 들고 오는 꼬락서니를 보니 화
가 머리끝까지 솟았다. 탐스는 침대에서 일어나 러스를 향해
손을 휘둘렀다.

"내 말이 말 같지 않으냐?"

짝! 와장창!

"아, 아닙니다. 잘못… 악!"

탐스의 손짓에 갖고 있던 세숫대야를 놓치며 벽에 사정없이 부딪힌 러스는 고통스러웠지만 벌떡 일어나 엎드린 채 빌었다.

하지만 탐스의 손은 멈추지 않았다.

"버러지 같은 놈이 감히 내 말을 듣지 않아? 도대체 할 줄 아는 거라곤 처먹는 것과 자는 것밖에 모르는 놈!"

"하, 한 번만 더 기회를… 악! 큭!"

"뚫린 입이라고 잘도 지껄이는구나. 과연 구멍이 막히고도 지껄일 수 있나 보자. 파이어!"

"아… 제, 제발……."

러스는 눈물을 흘리며 최대한 불쌍한 표정을 지었지만 탐스의 표정은 전혀 풀리지 않았다. 아니, 오히려 자신의 그런 모습을 즐기는 듯 잔인한 미소까지 짓고 있음에 절망해야 했다.

러스는 억울했다.

탐스의 말처럼 그가 아무것도 안 한 것이 아니었다.

일찍 일어나 탐스의 아침을 챙기고 간부 식당에 가서 밀린 설거지를 했다.

그리고 다시 점심을 준비해야 했다. 점심에는 갖은 구박과 폭력에 시달려야 했고, 저녁에도 똑같은 일의 반복이었다.

또한 틈틈이 탐스의 집무실과 방을 청소해야 했고, 탐스가 자라고 할 때까진 꼼짝없이 그의 방 앞에서 대기해야 했다.

5일에 불과하지만 정말이지 지옥과 같은 곳이었다.

괜스레 이곳에서 일하는 아우스와 지온이 부럽기도 하고,

얄밉기도 해 밀고까지 하며 차지한 자리였는데 후회막급이었다.

"고개를 돌리면 머리가 통째로 탈 것이다. 흐흐흐!"

점점 뜨거워지는 느낌에 러스는 모든 걸 포기하고 눈을 감았다.

"탐스 경~! 탐스 경~!"

러스에겐 구원의 소리였고, 탐스에게 악몽의 시작을 알리는 소리가 들렸다.

"무슨 일이기에 이렇게 소란스러우냐?"

"청소 팀의 꼬맹이 넷이 탈출을 했답니다."

"꼬맹이들이 탈출?"

"예! 자고 일어났더니 족쇄만 덩그러니 남겨져 있고 네 명의 노예가 사라졌답니다."

"제깟 것들이 탈출을 시도해? 당장 쫓아가 목을 베어버려야겠군. 위럴 경은 어디에 있나?"

"지금 식사를 하는 중일 겁니다."

탐스는 안 그래도 화가 나 있는데 차라리 잘된 일이라고 생각했다. 인간 사냥은 옛 귀족들의 취미나 마찬가지였다.

옷을 걸치고 탐스가 나가려는 찰나 병사가 물었다.

"저 녀석은 어떻게……?"

"쓰레기 같은 놈이다. 광산으로 보내 일을 시켜라!"

"예!"

탐스는 걸음을 옮겨 간부 식당으로 향했다. 하지만 도착하기도 전 한 간부 마법사가 헐레벌떡 뛰어오는 모습이 보였다.

"탐스 경!"

"노예 넷이 도망갔다는 얘기라면 들었다."

"그게 아닙니다. 가, 감옥에 갇혀 있던 반란 주동자들이 도망을 갔습니다!"

"뭐, 뭐라고!"

탐스의 머리는 순간 복잡해졌다.

10일 전 일어난 광산 사고로 노예가 112명이 죽고, 관리하던 간부 3명, 병사 20명이 죽었다. 사실 꽤 많은 인명이 죽었지만 자크 남작이나 자신의 입장에선 큰 문제가 아니었다.

3서클 마법사 3명과 병사들이 아깝긴 했지만 충원을 하면 되었고, 노예야 돈이 들어가겠지만 새로 사면 그뿐이었다.

그리고 사고 소식을 샤루틴 자작에게 전했을 때도 복구에 힘쓰라는 얘기와 곧 공작령으로 부르겠다는 말을 하며 좋게 끊었었다.

그런데 나흘 전 노예들의 반란을 아무런 피해 없이 막고 주동자들을 공개 처형을 할 생각을 하고 있을 때 피에르 공작의 오른팔이라는 카린 백작에게 연락이 온 것이다.

광산 사고부터 반란 소식까지 들은 카린 백작은 가타부타 말없이 반란 주동자를 죽이지 말고 데리고 있으라고 명했었다.

카린 백작의 연락이 온 이유는 자크 남작이 운영하는 정보 팀을 통해 금방 알 수 있었다.

공작령에 노예를 학대한다는 소문이 서서히 번지고 있다는 얘기와 그 소문을 잠재우기 위해 반란이 좋은 명분이 될 거라는 얘기였다.

한데 명분이 될 주동자들이 사라졌다.

"남작님은 이 사실을 알고 계시나?"

"모르십니다."

"당장 남작님께 알리고 간부들을 소집하게. 난 감옥에 들렀다 가겠네."

"알겠습니다."

자크 남작과 얘기를 하기 위해선 최소한의 정보를 알고 있어야 했기에 탐스는 빠른 걸음으로 지하 감옥으로 갔다.

한데 이미 와서 조사를 하는 이가 있었다.

"위럴."

"탐스 경, 어서 오세요."

위럴은 탐스에게 인사를 하면서도 시선은 철창을 바라보고 있었다.

탐스는 위럴의 그런 행동에 인상을 잠깐 썼지만 곧 표정을 풀었다.

그의 태도는 마음에 들지 않았지만 사건 해결 능력은 인정하고 있었다.

"뭐 좀 알아냈나?"

"범인에 대한 몇 가지 단서를 찾아냈죠."

"벌써? 어떤 놈들이지?"

미친개, 사이코패스, 멧돼지 등 위럴의 별명은 많지만 가장 즐겨 부르는 이름이 사냥견의 하나인 핏불테리어.

한번 물면 자신이 죽어도 절대 놓지 않을 정도로 집착이 강하고 위험한 개로 위럴의 성격을 가장 정확하게 표현한 별명이었다.

하지만 그가 엄청나게 머리가 좋고, 추리력이 뛰어나는 사실을 알고 있는 사람은 드물었다.

"한 명이에요."

"한 명?"

"영악한 놈이죠. 이곳 지리는 물론이거니와 병사들이 어디에 근무를 서는지도 모조리 알고 있는 놈이죠."

탐스는 위럴이 뭘 말하고자 하는지 알았다.

내부 사정을 잘 아는 자가 주동자들을 탈출시켰다는 말이었다.

"내부의 배신자인가?"

"비슷하지만 아닙니다. 힌트를 더 드리죠. 놈은 마법사였습니다."

"위럴, 지금 스무고개 할 시간이 없네. 남작님께 보고도 해야 하고 놈들을 당장 잡아야만 해."

"범인을 알면 놈의 행동을 유추해 추적하기가 더 쉽죠. 마지막 힌트까지 드리죠. 놈은 어린 소년입니다."

위럴의 행동에 탐스는 짜증이 났다. 하지만 윽박지른다고 위럴이 순순히 대답해 줄 위인이 아님을 잘 알고 있었다.

"또, 아우스 얘긴가? 그 앤 죽었어."

위럴은 아우스를 싫어했다.

사사건건 그 아이에 대한 트집을 잡으며 죽여야 한다고 말했었다.

탐스는 짜증이 나긴 했지만 그의 말을 완전히 무시할 수 없어 지난번 충성심 실험도 했었다.

하지만 결과는 위럴의 말이 틀리다고 나왔었다.

"죽는 걸 직접 보셨습니까?"

"자네는 살아 있는 걸 봤나? 그리고 설령 살아 있다고 그 애가 마법사라는 게 말이 되나? 엔트 그 영감과 아우스를 잡아왔을 때 마나 검사를 한 건 자네였어. 아무런 도움 없이 마법사가 될 만큼 마법사가 그리 쉬운 존재였나?"

"맞습니다. 그때 마나 검사를 제가 했죠. 하지만 그때부터 놈은 마법사였습니다. 놈이 무슨 수로 그 사실을 감출 수 있었냐는 모르지만 그 당시부터 하단전을 개발한 전투 마법사였습니다."

"하하하! 자네 정말이지… 좋아! 증거를 보이게. 혹시라도 이번에도 날 희롱한 것이라면 내 자네를 용서하지 않을 거야."

탐스의 얼굴은 딱딱하게 굳어 있었다.

탐스 또한 전장의 미치광이라는 별명이 있을 정도로 잔인하고 포악한 성격을 지니고 있었다.

"희롱이라뇨? 당치 않습니다."

탐스의 변화를 눈치챈 위럴도 더 이상 장난칠 생각이 없는지 입구로 가 설명을 시작했다.

"먼저 간단히 놈의 행동을 말하죠. 놈은 손으로 자물쇠를 부셨습니다. 하단전을 이용할 줄 안다는 증거죠. 그리고 안으로 들어가 감옥의 창살 역시 양옆으로 벌리고 족쇄와 수갑을 뜯어냅니다."

탐스는 흠잡을 곳이 없나 하며 범인의 행동을 따라 하는 위럴을 바라본다.

"지금은 대충 치워 냄새가 덜하지만 며칠간 세 명이서 이곳에서 지내느라 각종 배설물들이 가득해 냄새가 심했습니다. 놈은 그들의 옷을 벗기고 이곳, 밖으로 나와 워터 마법을 여러 번 펼칩니다. 그리고 병사들의 눈을 피해 유유히 사라졌죠."

"그래서?"

더 이상 말을 하지 않으려 했기에 탐스는 건조하게 물었다.

"이상함을 못 느끼겠습니까?"

"마치 범인인 듯 아주 잘 설명했지만 이상할 게 있었나?"

"탐스 경은 창살을 저렇게 만들 수 있으신가요?"

"물론이지. 하단전을 개발하면 4서클만 되어도 충분하지."

"해보시죠."

"…그러지."

탐스의 서클이 맹렬히 돌기 시작했다. 정말 시답잖은 이유를 되면 이 자리에서 위럴을 죽여 버리겠다는 생각을 하며 창살을 잡았다.

"잠깐! 그대로 계세요. 이래도 이유를 모르시겠습니까?"

창살을 잡은 채 위럴의 말에 어리둥절해하던 탐스는 범인이 휘어둔 창살을 보곤 그가 하는 말하는 바를 이해할 수 있었다.

"확실히 키가 작은 자의 소행이라 할 만하군. 하지만 이게 아우스의 짓이라고 하기엔 무리가 있다고 생각하지 않나?"

"이리로 와보시죠."

위럴이 간 곳은 바로 옆에 있는 감옥이었다.

"이곳은 엔트와 아우스를 처음 잡아왔을 때 가둬둔 곳이죠. 제가 가뒀을 때는 멀쩡하던 창살이었습니다."

탐스는 두 감옥의 휘어진 창살을 번갈아 보며 쳐다봤다.

높이는 약간 달랐지만 아우스가 큰 것을 생각해 보면 같은 사람이 했다고 볼 수 있었다.

'이놈……!'

광산 붕괴 사고 후 간부들과 병사들의 죽음에 의문이 있었다.

노예들이 도망쳐 나올 정도라면 그들 또한 충분히 빠져나
왔어야 했다.

한데 모조리 죽어버린 것이다. 그에 대해 노예들 사이에선
아우스가 죽었다는 얘기와 그가 마법을 사용한다는 얘기가
있었다.

탐스는 그 말을 자신들의 책임을 회피하기 위한 거짓말이라
고 생각했었다.

하지만 오늘 위럴의 말을 듣고 나니 그 말이 사실일 가능성
이 높다고 생각되었다.

또한 꼬맹이와 노예들이 같이 사라졌다는 것이 그 가능성
을 더욱 뒷받침했다.

아우스가 범인일 거라는 생각이 들자 왠지 모를 배신감과
함께 어린놈에게 희롱당했다는 느낌이 들어 분노를 참기 힘들
었다.

"위럴! 당장 놈들을 쫓을 준비를 하라! 난 남작님께 보고하
고 바로 내려오겠다."

"알겠습니다. 크크크!"

탐스는 보고와 함께 추적에 대한 허락을 받기 위해 자크 남
작이 있는 곳으로 갔다.

당장에라도 놈을 불태워 버리고 싶다는 생각에 발걸음은
빨랐다.

그러나 일은 더욱 꼬이고 있었다.

"30분쯤 후에 플루브 자작이 도착한다더군."

와인을 마시고 있던 자크 남작이 말했다.

"플루브 자작이 말입니까?"

뮬터 공작가에는 총 세 개의 기사단이 있었다. 그중 제2기사단인 실버울프 기사단의 단장 플루브 자작은 장남인 샤루틴 자작을 지지하는 인물이었다.

겉으로 보기엔 같은 편이지만 플루브 자작은 사고만 치고 다니는 자크 남작을 무척이나 싫어했다.

보고를 하고 바로 떠날 생각이었던 탐스였지만 그가 온다면 사건경위를 설명하고 자크 남작을 대신해 상대해야 했기에 머물러야 했다.

"그래. 주동자라지만 고작 노예에 불과한 세 명을 데리러 그가 왔다는 것과 주동자들이 탈출했다는 말에 말투가 굳는 것을 볼 때 생각보다 일이 심각한 모양이야."

자크 남작은 와인 한 모금을 마신 후 탁자에 잔을 올려놓으며 인상을 쓴다.

"어느 정도이기에……?"

쨍그랑!

"몰라! 대기하라는 말만 하고 연락을 끊었어."

참을성이 부족한 자크 남작은 신경질적으로 잔을 집어 벽에 던져 버렸다.

"너무 걱정 마십시오, 남작님. 일단 위럴 경과 몇 명을 선발대로 보내고 플루브 자작을 만난 후 바로 제가 출발해 놈들을 잡아오겠습니다."

"그렇게 해."

"알겠습니다."

탐스는 위럴과 마법사 3명, 병사 10명을 선발대로 보냈다.

그리고 광산을 관리하기 위한 최소한의 인원만 두고 전원 출동 준비를 하도록 명했다.

모든 준비를 마치고 광산으로 들어오는 초입에 서 플루브 자작을 기다렸다.

뿌연 먼지가 피어오르며 말이 달려오는 소리가 들렸고 곧 은빛 경갑 차림으로 말을 타고 오는 스무 명의 실버울프 기사단이 보였다.

"어서 오십시오, 플루브 자작님."

"탐스 경이군. 안부를 묻기엔 상황이 너무 급하군. 자크 남작에게 안내하게."

말에서 내리는 50대 초반의 플루브 자작은 하얀 수염이 얼굴의 반을 덮고 있었고, 탐스의 옆에 서자 작지 않은 그가 왜소해 보일 정도로 덩치가 좋았다.

"이쪽으로 오시지요. 너희는 기사분들을 쉴 수 있게 모셔라."

병사들에게 플루브를 따라온 실버울프 기사단을 맡기고 자크 남작이 있는 곳으로 플루브 자작을 데려갔다.

"먼 길 오시느라 고생하셨습니다, 플루브 자작님."

"오랜만이네, 자크 남작."

자크 남작은 정중히 고개를 숙이며 그를 맞이한다.

"이쪽으로 앉으시지요. 식사도 못 하셨을 텐데 준비시킬까요?"

"됐네. 그나저나 반란의 주동자들이 탈출했다는데 무슨 말인가?"

"그건 제가 설명을 드리겠습니다."

탐스는 간략하게 지금까지 일어난 일들에 대해 설명했다.

플루브 자작은 심각한 표정으로 수염을 만지며 얘기를 들었다. 그러다 탐스의 얘기가 끝나자 심각하게 말을 꺼낸다.

"상황이 좋지 않네."

"어떤 상황이 말입니까?"

"이곳 광산에서 노예를 혹사시킨다는 소문이 돈다는 얘기 못 들었나?"

"들었습니다."

"그 소문이 공작령뿐만 아니라 제국 전체로 번지고 있어."

"그게 뭐가 그리 대단한 일이라고……."

"쯧! 자네도 세상 돌아가는 걸 모르고 있군."

플루브는 탐스에게 말하며 자크 남작을 바라봤다.

자크 남작은 그 말이 자신에게 하는 말이라는 걸 알았다. 욱하고 뭔가가 올라왔지만 애써 참으며 시선을 다른 곳으로 돌렸다.

"평민들의 힘이 갈수록 강해지고 있어. 어제가 다르고 오늘이 다르지. 노예들을 혹사시킨다는 얘기가 돌자 평민 상인들이 뮬터 상단의 물건에 대해 거부 운동을 벌이고 있네. 내가 어제 들은 소식이야."

"버러지 같은 놈들이 감히 뮬터 공작가를 어떻게 보고……."

"휴~ 아직도 상황이 판단이 안 되나? 그놈들이라고 하고 싶어서 하겠나? 평민 상인들도 수많은 노예를 데리고 있지. 한데 그 노예들이 어디서 이곳 광산에 대한 얘기를 들었는지 모르지만 단체로 손을 멈춰 버렸어. 그러니 평민 놈들도 미칠 지경이지. 지금 그 문제가 제국 전체로 번지고 있어."

탐스에겐 이해가 되지 않는 얘기였다.

"이해를 못 하겠다는 표정이군. 어떻게 해야 자네가 알아듣겠나? 쉽게 얘기해 주지. 이번 일이 잘못되면 샤루틴 도련님의 후계자 자리가 위험할 걸세."

"네? 그런 말도 안 되는 말씀이 어디 있습니까?"

"말도 안 되는 소리라 생각하는가? 뮬터 상단이 흔들리고, 공작가 전체가 흔들리면 공작님께서 가만히 계시겠는가?"

"그야……."

"공작가 내에서도 이미 둘째 도련님 세력이 움직이고 있을 걸세. 만일 샤루틴 도련님이 문제가 커지면, 아니, 그들이 문제를 키우면 자네들을 어떻게 할 거라 생각하지?"

플루브 자작의 이번 얘기는 이해가 되는 정도가 아니라 심장에 콕콕 박혔다.

"놈들이 뭔 얘기를 하던 문제를 해결할 방법은 간단했네. 비록 혹사시키긴 했지만 노예들이 반란을 일으켰다는 걸 사람들이 알게 된다면 사라질 문제였지."

"하면……."

"놈들을 반드시 살려서 데려오게."

플루브 자작의 얼굴은 심각하게 바뀌었다.

"데려오지 못하면 자네도 돌아오지 않는 것이 좋을 거야. 이 말을 해주기 위해 기다리라고 한 걸세."

탐스는 그의 말이 농담이 아님을 알았다.

"자네들이 노예를 혹사시켰든 말을 듣지 않아 모조리 죽여버렸든 난 신경 쓰지 않네. 다만 소문을 잠재울 주동자들이 필요해."

"예! 알겠습니다."

"내가 데려온 실버울프 기사단도 데려가게."

"예! 다녀오겠습니다."

고개를 숙이고 밖으로 나가는 탐스의 얼굴은 심각하게 굳어 있었다. 그리고 그의 눈빛은 누군가를 향한 살기로 가득했다.

14장
쫓기는 자

누가 내 욕을 하나 보다.

귀가 엄청 간지럽다. 지나가는 길에 있는 작은 나뭇가지를 꺾어 귀를 살살 파자 엄청난 크기의 귀지가 나왔다.

"…아, 아우스. 자, 잠깐 쉬었다 가자. 헉! 헉!"

뒤를 돌아보니 다들 탈진 직전이었다.

"10분간 휴식요."

내 말이 떨어지기 무섭게 나를 제외한 일곱 명은 바닥에 주저앉았다.

재빨리 몰린이 들고 있는 자루에서 마른 고기를 꺼내 사람들에게 돌렸다.

"무, 물도 줘야지, 이 새끼야……."

"욕도 차지게 하는 걸 보니 아직 멀쩡하나 보네. 그런 의미에서 물은 마시지 마."

"무, 무슨 소리야? 빨리 물 내놔!"

살틴이 외치는 소리를 무시하고 뒤에 있는 스펜과 부르터에게 가서 워터 마법을 펼쳐 물을 만든 후 릴리즈액 한 방울을 넣었다.

워터 마법은 아무것도 없는 곳에서 물이 '뿅!' 하고 나타나는 마법이 아니라 수빙 계열로 주위의 온도를 낮춤으로써 습기를 물로 바꾸는 것이었다.

"캬~ 시원하다!"

스펜은 공중에 만들어진 큰 물방울에 입을 대고 몇 모금 마신 후 말했다.

"찬 기운을 이용해 물을 만들어서 그래요."

"그러냐? 그나저나 물에 넣은 건 뭐냐?"

"최상급 포션이에요."

"헐! 그 비싼 걸……."

"사는 게 우선이죠. 죽으면 아무 소용 없잖아요."

모두 물을 마시게 한 후 나도 한 모금을 마셨다.

포션이 몸에 들어가자 시원하게 몸을 돌며 상쾌하게 만들었다.

"아우스, 너 팔과 목에 상처 난 거야?"

"모르겠어요. 구사일생으로 살아났더니 이렇게 돼 있었어요."

리브 형이 점(?)에 대해 묻자 다들 궁금했는지 날 쳐다봤다. 그러나 난 아무 일도 아니라는 듯 말했다.

이제 슬슬 출발할 시간이었다.

"자, 출발……."

"아우스, 나랑 잠깐 얘기 좀 할까?"

"네, 부르터 아저씨. 몰린 네가 선두에 서서 걸어."

"어, 어디로 가?"

"산의 능선을 따라 걸으면 돼."

4시간의 간격이 있지만 차츰 좁혀지고 있을 것이다. 지체할 시간이 없었다.

"말씀하세요."

"어디로 갈 건지 알고 있는 거냐?"

"글쎄요? 아직 결정을 못 했어요. 하지만 방향에 따라 뮤트 제국과 도란스 삼국 중 한 군데로 갈 생각이에요."

"혹시 우리가 못 미더워서라면……."

"하하! 그런 거 아니에요. 그저 놈들이 분명 추격대를 보낼 텐데 피하다가 어느 쪽으로 갈지 몰라 그런 것뿐이에요."

급하게 도망 오느라 설명을 제대로 못 한 게 미안했다. 아이들은 몰라도 스펜과 부르터 두 사람은 알고 있는 편이 좋을 것 같았다.

"저도 지도로 방향을 가늠하고 밤엔 별을, 낮엔 나무의 나이테를 보며 가는 중이에요. 정확하다면 뮤트 제국과 도란스 삼국이 만나는 국경 지대쯤이 될 거예요. 혹시 아시는 것 있으면 언제든지 말씀해 주시면 따를게요."

"알았다. 이곳 발칸 산맥에 대해선 나 역시 모르고 있으니 너에게 맡기마. 그런데 추적대가 있다면 우리의 흔적을 지우면서 가야 하는 거 아니냐?"

"어떻게요?"

"음… 가령 나뭇가지를 뒤에 달아 발자국을 지운다든가, 아님 흔적이 남지 않는 길로 조심히 움직이는 거지."

"부르터, 답답한 소리하지 마. 나뭇가지를 뒤에 달아 움직이면 흔적이 안 남아? 그리고 흔적이 안 남는 길이 어디 있어? 설령 그런 길이 있다고 해도 추적 전문가들은 단박에 알아챈다고."

"험! 말이 그렇다는 거지."

"기사 출신인데 어떻게 그런 것도 몰라?"

"종자였다니까……."

스펜이 내가 하고 싶은 말을 대신해 줬다.

어설프게 흔적을 지우려다 시간이 더 지체될 수도 있었다.

부르터는 무안했던지 스펜의 시선을 피하며 빠르게 앞으로 걸었다.

"아우스, 마법 중에 추적 마법이 있잖아. 용병 생활할 때 마법사가 엄청 유용하게 사용하던데 그건 어떻게 할 생각이냐?"

"그건 걱정 마세요. 지나가면서 틈틈이 흔적을 지우는 마법을 펼치고 있거든요."

추적 마법은 마나가 움직인 흔적을 찾아내는 마법으로 2서클 마법이었다. 하지만 생각보다 훨씬 열악한 마법이라 걱정할 것은 없었다.

"그래? 꼬맹이인 줄로만 알았는데 지금 보니 듬직하네. 그리고 내가 도와줄 일 있으면 언제든 말해라."

"네."

스펜은 내 어깨를 두들이며 씩 웃었다.

얘기를 끝내고 난 선두에 섰다. 그리고 외쳤다.

"속도를 좀 높일게요."

"으엑! 차라리 죽여라! 이 새끼야!"

모든 이의 생각을 살턴이 대신 표현했다.

귀가 다시 간지럽다.

욕은 모두 하고 있었다.

능선으로 돌다 계곡으로 내려갔다 다시 산을 올랐다. 해가 지기 전까지 산을 넘어야 했기에 발걸음을 서둘렀다.

그러나 아직까지 몬스터의 흔적은 보이지 않았지만 몬스터가 나타나는 곳이었기에 최대한 조심해야 했다.

'멧돼지?'

마보세(마나로 보는 세계)로 제법 큰 네 발 동물이 느껴졌다.

뭔가를 먹고 있는지 땅에 얼굴을 박고 있었다.

꾸에에에엑!

마보세의 미치지 않는 곳에서 갑자기 나타난 사람처럼 보이는 형태의 물체들이 멧돼지에게 몽둥이를 휘두르자 괴성을 지르며 쓰러졌다.

"뭐, 뭐야?"

"쉿!"

갑작스러운 괴성에 모두 놀라 발걸음을 멈췄고, 난 그들에게 조용히 하라는 신호를 보낸 후 조심스레 인형이 나타난 곳으로 걸었다.

'오크!'

네 마리의 오크가 쓰러진 멧돼지를 둘러싸고 있었다.

'오랜만이라 반갑기까지 하네.'

몬스터들이 마을을 습격하고, 인간을 괴롭힌다는 건 이젠 옛말이었다.

500년 전부터 몬스터는 급격하게 세력이 약해졌고, 깊은 산맥이나 악몽의 숲과 같은 곳이 아니면 쉽게 볼 수도 없었다.

그래서 대도시에는 몬스터를 모아두고 돈을 받고 구경을 시켜주는 곳도 생겼다.

"춰익! 춰이익!"

두목인 듯한 오크가 소리치자 한 오크가 멧돼지를 들고 나타났던 방향으로 돌아갔다.

그들의 뒤를 쫓았다.

멧돼지의 피를 따라가면 되었기에 마보세를 풀고 천천히 움직였다. 한 10분 정도 쫓아가자 제법 큰 마을이 보였다.

내가 관심이 있는 건 오크가 사는 곳이 아니었다. 지형을 살피며 마을을 지나 산으로 올라갈 만한 곳이 있는지를 살폈다.

오크 마을과 가까워 위험하긴 했지만 마을을 끼고 돌며 산을 넘을 만한 곳이 있었다.

'오크가 싫어하는 풀이 있었는데⋯⋯.'

악몽의 숲에서 약초 채집과 사냥을 하셨던 윌리엄 아저씨는 말했었다.

위험한 생물이 사는 곳 주변에는 그 생물에 대항할 무언가가 자란다고 말이다.

'여기 있다!'

난 풀을 뜯어 일행이 있는 곳으로 갔다.

"아, 아우스, 왜 이렇게 느, 늦었어? 무, 무서웠단 말이야."

몰린, 네가 더 무섭거든.

"이 새끼, 말없이 사라졌다 이제 나타나면 어떻게 해!"

살틴, 제발 애처럼 굴지 마.

"한데 아까 그 소린 뭐였냐?"

"오크가 멧돼지를 사냥하는 소리였어요."

내가 어떻게 되었을까 걱정을 했는지 한마디씩 했다. 그러나 다 무시하고 스펜이 묻는 말에만 답을 했다.

"오크!"

스펜과 부르터는 허리춤에 끼워뒀던 식칼을—탈출하며 식당에서 챙겼다—빼어 들곤 주변을 살폈다.

"긴장은 좀 이따가 하시고 일단 이걸 으깨서 온몸에 바르세요."

"무슨 말이냐?"

"오크가 있는 마을을 통과할 거예요."

"뭐? 미친놈! 죽고 싶어 환장했냐?"

옆에서 듣고 있던 샬틴이 길길이 날뛰었다.

물론 그뿐만 아니라 다른 사람들의 눈에도 싫다는 표정이 역력했다.

"거길 통과하면 잘 시간이 있는데⋯⋯. 싫다면 밤새 걸을 수밖에 없어요. 장담하는데 앞으로 잘 시간이 없을지도 몰라요."

"협박이냐⋯⋯?"

"알아서 생각해요. 그럼 그냥 가던 길로 가요."

오크 마을 쪽으로 가면 추적대의 발걸음을 늦출 방법이 있었다.

하지만 반드시 통하리라는 법은 없었기에 순순히 샬틴의 말에 수긍을 했다.

난 자리에서 일어나며 말했다.

"해지기 전에 산을 넘어야 하니 속도를 좀 더 높일게요. 그리고 지금부터는 언제 몬스터가 나타날지 모르니 정말 조심하셔야 해요."

"잠깐! 무슨 애가 왜 그리 성질이 급하냐? 다른 사람들의 의견도 들어봐야지."

"맞아. 한데 몇 시간이나 잘 수 있는 거야?"

지금까지 얌전히 있던 지온과 모리스가 날 잡았다. 특히 지온은 잠이라는 말에 항상 반쯤 감고 있던 눈을 크게 뜨며 얼마나 잘 수 있는지를 물었다.

"한 세 시간쯤 잘 수 있을 거예요."

"세 시간……?"

릴리즈액의 영향인지 잠을 거의 자지 않았음에 일행은 멀쩡한 편이었다. 하지만 아무리 좋은 약을 사용해도 잠은 자야 했다.

사실 산꼭대기에 가서 잠깐이라도 자게 하면서 추적대의 위치를 파악할 생각이었다.

"오크든 오우거든 싸울 게 아니라면 가자."

"그래, 가자!"

"그럼, 다들 이거 으깨서 발라요. 그리고 남은 풀은 호주머니에 넣고요."

"그건 뭐냐?"

"오크가 싫어하는 냄새를 풍기는 풀이에요."

"쳇! 냄새가 이렇게 독하니 싫어할 만하네."

"나도 싫다."

두덜대면서도 열심히들 발랐다. 굳이 구석구석 바르라는 말이 필요가 없을 정도였다.

옷까지 벗고 발랐고, 살틴이 사타구니에까지 풀을 넣어 문지르자 다들 따라 했다.

난 그저 목과 손, 발에만 바르고 출발했다.

주먹을 쥔 채 손을 들자 모두들 숨을 죽인 채 멈췄다. 해가 산을 넘어갔지만 달빛에 있었기에 내 손동작을 보는 데는 문제가 없었다.

눈을 감고 마보세로 주위를 살폈다.

마을 안이 보인다면 더 빨리 움직일 수 있을 것 같은데 보이질 않으니 작은 소리에도 자꾸 멈추게 됐다.

'머리는 아프지만 이럴 땐 좀 더 넓어졌으면 좋겠군.'

순간 간절히 원했고, 간절함은 마보세의 영역을 더욱 확장시켰다.

전혀 생각해 보지 않은 상황에 잠깐 정신을 놓았지만 마보세는 근 50미터까지 확장되었다.

'그만!'

머리가 터질 듯한 고통에 확장이 멈추길 바랐다. 다행히 말 잘 듣는 아이처럼 마보세는 확장을 멈췄다. 그런데 코에서 뭔가가 툭툭 떨어졌다.

'젠장! 생각하고 싶지 않은 기억이 떠오르는군.'

남작 아들 때의 기억이 불쑥 떠올랐다.

'꺼져!'

벽에 뭔가를 그리고 있는 장면이었다.

하지만 더 떠오르기 전에 재빨리 머릿속에서 지우며 딴 곳에 집중을 했다.

확장된 마보세 덕분에 오크들이 마을에서 저녁을 준비하고 있는 모습이 훤히 보였다. 난 들고 있던 손을 펴며 빠르게 움직이기 시작했다.

방책으로 둘러싸인 마을 입구를 지나 막 옆으로 올라가는 소로에 들어선 순간, 산에서 내려오는 일단의 오크 무리가 마보세에 걸렸다.

"이쪽으로!"

나지막한 소리로 외치며 소로에서 벗어나 옆에 있는 넓지 않은 나무숲으로 뛰어들어 갔다.

"엎드려요."

말을 하고 나 역시 재빨리 고개를 숙였다.

"…취이익! 츄익!"

"치익! 취이이익!"

알아들을 수 없는 괴상한 소리로 대화를 나누며 다섯 마리의 오크가 산에서 내려오고 있었다. 그들과 우리 사이의 거리는 고작 2미터.

'지나가!'

내 염원은 이번엔 이루어지지 않았다. 다섯 마리의 오크는 우리가 있는 곳에서 돌연 걸음을 멈춰 섰다.

오크가 인간보다 몇 배의 힘을 가진 몬스터지만 특정 개체를 제외하곤 마법을 쓰진 못했다.

내가 도망가면서 상대하면 다섯 마리를 죽일 순 있을 것이다. 그러나 마을의 오크가 나온다면 생사를 가늠할 수 없었다.

물론 일곱 사람은 무조건 전멸이다.

괜스레 이쪽을 고집했다는 생각에 심장이 두근댔다.

"쿵! 춰이이익! 춰익! 크으웅~ 퉷!"

"쿵쿵! 춰이이이익! 크으웅~ 퉷!"

몸에 바른 풀 냄새에 반응을 한 모양이다. 쿵쿵거리던 오크들은 사정없이 코를 빨더니 침을 뱉었다.

한데 그 다섯 개의 막대한 콧물을 포함한 가래침이 나에게 떨어졌다.

'이 오크 X 같은 새끼들이……!'

성질 같아선 당장에 일어나 파이어 볼을 콧구멍에 박아버리고 싶었지만 뒤에서 숨을 죽인 채 바들거리는 몰린을 생각해서라도 참아야 했다.

다섯 마리의 오크가 마을로 들어가자 우리는 숲에서 일어나 산으로 걸음을 재촉했다.

"크, 큭큭큭!"

"더러운 놈! 킥킥!"

"아우스, 빨리 씻어야겠다. 큭큭!"

이놈의 인간들이 멀찍이 떨어져 따라오며 등 뒤에 붙은 가래침을 보고는 키득거렸다. 당장에 옷을 벗어 찢어버리고 싶어졌다.

산의 정상에 오르자 계곡으로 내려가는 길이 정면으로 나 있었고, 왼쪽으로는 꽤 급경사의 절벽이, 오른쪽으로는 산봉우리로 올라가는 길이 나 있었다.

산봉우리 쪽으로 갔어도 지금 있는 위치로 내려왔어야 할 것 같았다.

"조심히 따라와요. 라이트!"

해가 완전히 졌다. 달빛이 비치긴 했지만 자칫 잘못하면 굴러떨어질 수가 있었기에 라이트를 켜고 아래로 내려가기 시작했다.

"여긴 완전히 외길이네. 이곳에서 오크 만났으면 꼼짝도 못했겠다."

왼쪽의 낭떠러지는 점점 낮아졌지만 오른쪽의 벽은 점점 높아지는 구조였다.

산 아래까지 내려오니 3개의 산이 만나는 꽤 넓은 계곡이 펼쳐져 있었다.

휘이익!

"파라다이스가 따로 없네."

리브 형이 휘파람을 불며 계곡의 광경에 감탄을 했고, 다른 이들도 비슷한 반응이었다. 하지만 스펜은 내가 느끼는 걸 느끼나 보다.

"여긴 위험해!"

"무슨 말이에요, 스펜 아저씨."

"여긴 동물들이 물을 먹기에 좋은 곳이야. 그 말은 맹수들과 몬스터들이 먹이를 사냥하기에 좋은 곳이라는 소리지."

"지금부터 제가 하는 말 잘 들어요. 움직이지 말고 신호를 하면 오른쪽에 보이는 언덕이 있을 거예요. 그곳으로 올라가요."

"뜬금없이……."

"긴 얘기 할 시간 없어요."

난 살틴의 말을 끊었다. 그리고 양쪽 호주머니에 있는 나무 패를 꺼내 들었다.

지금 나의 마보세엔 5미터가 훨씬 넘는 괴물이 우리를 노리고 있는 게 보였다.

거리는 대략 40미터.

인간에게 먼 거리였지만 놈에겐 몇 발자국이면 이곳까지 도달할 거리였다.

난 놈의 몸의 색깔의 변화를 주시하다가 새빨갛게 변하는 순간 외쳤다.

"뛰어요!"

"크아아아아아앙!"

"오, 오우거!"

오우거의 함성은 인간을 공포에 빠지게 하는 효과가 있었다. 막 달려가던 일행들이 다리가 얼어붙은 듯 서버렸다.

"아아아아아아~! 뛰어요!"

2서클 마법 스피커를 이용해 외치자 정신을 차린 일행들은 다시 뛰기 시작했다. 그 때문에 합성 마법을 펼쳐야 하는 시간이 약간 늦었다.

거의 6미터 크기의 오우거는 몇 발짝 걸었을 뿐인데 이미 15미터 앞이었다.

왼손 나무패를 5미터로 돌리며 바로 나무패를 붙였다.

맹렬히 도는 서클에서 나온 진득한 마나가 두 손으로 흘러갔고, 나무패의 파이어 볼과 매직 미사일의 생성되는 순간 나무패가 합쳐지며 디그가 펼쳐졌다.

푸학! 꽈아아아아아앙!

마법이 발동시키자마자 몸을 뒤로 날렸지만 5미터 앞에서 발생한 폭발은 날 덮치기에 충분했다. 하지만 다행히 뒤에는 계곡물이 있었다.

풍덩!

차가운 물에 열기가 어느 정도 식었지만 온몸이 화끈거렸다. 그러나 그걸 느낄 새도 없이 다시 일어나야 했다.

"쿠아아아아~"

불길에 휩싸인 오우거는 여전히 살아 있었다.

자존심이 상했는지 괴성을 지르며 주먹을 휘둘렀다.

믿을 수 없을 만큼 빠른 동작.

피할 수가 없었다. 몸을 다시 뒤로 날리며 두 팔과 다리를 가운데로 모으고 하단전의 힘을 팔과 다리로 보내고자 했다.

"크윽!"

빠직! 뿌득!

하단전의 힘이 닿은 팔은 고통은 있었지만 무사했고 양다리는 힘없이 부서졌다. 하지만 오우거의 힘은 그게 끝이 아니었다.

힘을 최소화시킨다고 뒤로 띄운 몸에 오우거의 힘이 더해지자 마치 물수제비를 뜨는 돌처럼 계곡의 물에 몇 번을 튕기며 건너편까지 날아갔다.

물이 마치 돌바닥처럼 느껴졌다.

"커억! 크으으윽! 쿨럭!"

부러진 양다리와 흔들린 내장, 수면에 부딪힌 몸은 걸레처럼 널브러졌고, 입으로는 쉴 새 없이 피가 흘러나왔다.

치이이이익!

"크르르르!"

살 타는 냄새와 함께 오우거는 계곡 호수를 가로질러 나에게 다가오고 있었다.

나지막한 으르렁거림과 살기 어린 눈빛에는 자신에게 고통을 준 날 반드시 잡아먹겠다는 의지가 담겨 있었다.

"쿨럭! 그, 그래… 죽을 때 죽더라도 넌 죽인다!"

릴리즈액을 꺼낼 시간은 없었다. 난 손에 쥐고 있던 나무패를 놓고, 호주머니에서 다른 두 개의 나무패를 꺼냈다.

전격계의 라이트닝 마법과 수빙계의 워터볼이 새겨진 것. 단 한 번도 테스트를 해본 적은 없지만 생각할 시간은 없었다.

거리는 15미터, 서클이 맹렬히 돌아가며 두 손으로 향했고 그 순간 나무패를 합쳤다.

푸악!

손 위에서 마법이 발현되자마자 사라졌는데, 어느새 침을 흘리며 호수를 가로질러 오는 오우거 앞에 나타났다.

쿠우웅~ 빠지지지지직!

화염계와 바람계의 합성 마법과 달랐다.

화려한 폭발은 없었지만 마법이 발현된 공간이 일렁거리더니 그 공간 전체에 낙뢰가 내렸다.

"쿠아아아앙!"

오우거는 그 자리에서 더 다가오지 못하고 온몸을 부들거리며 울부짖었다.

3서클 라이트닝 마법이라기엔 어울리지 않게 넓은 호수 전체가 지지직거렸다.

"계속 먹어!"

나무패에 새겨진 디그 마법은 마나석을 꽂아 다섯 번 정도 까진 가능했다.

난 연속해서 오우거에게 합성 마법을 펼쳤다.

아직 감전되어 부들거리는 오우거 앞에 다시 한 번 일렁거림이 일어났고 어두운 호수 전체가 번쩍거리는 빛으로 물들었다.

"…그……."

눈에 초점을 잃은 오우거는 입을 실룩거리다 뒤로 스르르 쓰러졌다.

"이, 이겼다. 큭큭, 쿨럭! 크큭큭!"

전설이 되어버린 드래곤이 사라진 후 지상 최고의 괴물이라 불리던 오우거를 쓰러뜨렸다.

기쁨과 함께 잠깐 잊고 있었던 고통이 본격적으로 밀려왔다.

"크윽! 저, 정말 아프다……."

이를 악물었지만 이가 떨릴 정도의 고통에 머리가 하얗게 변해갔다. 품에 놔뒀던 릴리즈액이 든 병을 꺼내려다 부들거림 때문에 놓쳤고, 병은 도르르 굴러 1미터 정도 떨어졌다.

"…젠장! 안 도와주네."

손을 뻗었지만 닿질 않았다. 오우거가 쓰러졌으면 빨리 와서 도와줄 것이지, 여전히 숨어 있는 이들이 원망스러웠다.

순간, 예전 폭행을 당했을 때처럼 하단전이 꿈틀거리며 온몸으로 퍼져 나갔다.

특히 다리 쪽으로 강제로 막혀 있던 길을 열듯이 엄청난 기운이 몰려들었다.

"으~ 그그그… 끄윽!"

살을 칼로 수백, 수천 번 가르면 이런 고통일까?

'씨… 바…….'

하체에서 일어나는 끔찍한 고통에 결국 정신을 놓았다.

"…우스! 허엉! 아, 아우스!"

흔들지 마, 이 자식아!

정신이 들자마자 오우거처럼 울부짖으며 몸을 흔드는 몰린 덕분에 머리가 어지러웠다.

"몰린, 이 멍청한 놈아! 흔들면 어떻게 해!"

살틴 이 녀석 겉으로는 지랄을 해도 속마음은…….

"싸대기를 때려보란 말이야!"

이 오우거보다 나쁜 새끼!

짝! 짝!

빨리 말하지 않으면 몰린에게 맞아 다시 기절할 것 같아서 재빨리 소리쳤다.

"저, 정신 차렸어!"

"봐! 싸대기가 즉효라니까."

다 낫는다면 뺨이 사라질 때까지 귀싸대기를 날려줄 생각이었다.

"아, 아우스! 허어엉! 사, 살아 있었구나."

덮쳐오는 몰린의 모습에 생각을 멈추며 질겁했지만 의외로 고통은 없었다.

그리고 보니 아픈 곳은커녕 형편없이 부러졌던 다리도 잘만 움직였다.

"괜찮냐?"

스펜과 부르터는 연신 호수 쪽의 오우거를 바라보면서 물었다.

"괜찮아요. 한데 제가 얼마나 쓰러져 있었죠?"

"글쎄, 우리가 내려왔을 때 쓰러져 있었어. 오우거를 피해 도망간 지 한 30분 정도 됐을 거야."

참으로 긴 30분이었다.

왜 멀쩡해졌는지는 중요하지 않았다.

지금은 살아 있다는 것과 30분이라는 시간을 허비했다는 게 중요했다.

"전 멀쩡하니 빨리 잘 곳을 찾아봐요."

"정말 괜찮아?"

"네, 리브 형. 움직여요."

바닥에 떨어져 있던 릴리즈액과 나무패를 챙겼다. 병을 딴 흔적이 없었다. 마나지의 영향일 거라는 생각을 하며 걸음을 옮겼다.

"내가 오우거를 죽인 거냐?"

부르터는 쓰러진 오우거를 보고 믿을 수 없다는 표정을 숨기지 않은 채 물었다.

"운이 좋았어요."

"오우거가 운으로 죽일 수 있는 몬스터가 아니지."

부르터가 날 보는 눈빛은 바뀌어 있었다. 인정하기 힘든 꼬맹이에게서 마치 훌륭한 기사를 바라보는 듯했는데 약간 부담스러웠다.

금방이라도 종자로 써달라는 얘기를 할 것 같아 고개를 옆으로 돌렸다.

"오우거 가죽이 부르는 게 값이라던데……"

스펜은 몇 번이고 물에 떠 있는 오우거를 돌아보며 침을 삼킨다.

"저 오우거 가죽 벗기다가 우리 가죽이 벗겨지는 수가 있어요. 그리 탐나면 아저씨는 벗기고 오세요."

"말이 그렇다는 거지. 하하!"

모두가 무사히 위기에 벗어나서일까? 일행들은 조금씩 들떠 있었다.

하지만 내 말을 보다 잘 따른다는 느낌이 드는 것이 나쁘지만은 않았다.

아까 일행이 숨어 있던 곳이 잠깐 쉴 곳으로도 꽤 적합했다.

"여기서 잠깐 자기로 해요. 몰린, 음식 꺼내."

각자 자리를 잡고 한 움큼씩의 육포를 쥔 채 방금 전 일을 신나게 얘기했다.

화제는 당연히 오우거에 관한 것이었다.

누가 오줌을 지렸다는 둥, 발이 참 빠르다는 둥, 생각보다 약하다는 둥 많은 얘기가 나왔지만 난 아직도 그때의 공포가 살아나는 듯해 그저 근성으로 대답을 할 뿐이었다.

"이제부터 쉬어요. 적당한 시간 봐서 제가 깨울게요."

"넌 안 자냐?"

"긴장을 해서인지 잠이 올 것 같지 않아요. 리브 형, 매고 있는 자루 주세요."

"응, 여기 있다."

앞을 지키는 나와 뒤를 지키는 부르터와 스펜을 제외하곤 자루를 하나씩 들고 있었다. 탈출을 생각하면서부터 준비했던 것이다.

"그, 그건 뭐야?"

몰린은 내가 꺼내는 20센티미터 정사각형의 나무판들이 뭔지 궁금한 모양이었다.

"안전하게 잘 수 있게 해주는 마법진이야."

"어, 어떻게?"

"밖에서 보면 안이 보이지 않게 만들었어. 벌레들도 들어오지 못하니까 푹 잘 수 있을 거야."

"마, 마법이라는 거 참 유용하구나?"

"그래. 나중에 무사히 탈출하면 마법 가르쳐 줄게."

"지, 진짜?"

"응. 마나 친화력이 필요하긴 한데… 웬만하면 가능할 거야."

엔트 할아버지도 마법사가 되었는데 아직 어린 이들이라면 초강력 마나 집적진으로 충분히 가능하리라.

"난?"

지온이 자신도 가르쳐 줄 거냐고 물었다.

"모리스 형도, 리브 형도, 지온도, 스펜 아저씨도, 부르터 아저씨도 다 가르쳐 줄 거야."

"난 왜 빼먹어?"

"살틴 형이 마법을 사용하면 어떻게 될지 상상하기도 싫거든."

"마, 맞아. 툭하면 나, 날 불태운다고 할 거야."

"비인부전이라는 말도 있지."

몰린과 지온이 한마디씩 한다.

"이 자식들이……."

"성격부터 고치면 생각해 보죠. 이제 다들 자요."

난 살틴의 말을 끊고 나무판을 네 곳에 배치를 했다.

"굿나잇!"

시동어를 외치자 마법진이 빛을 내며 발동을 했다. 소리마저 차단했는지 계속해서 들리던 살틴의 욕도 들리지 않았다.

막 마나 저장부가 그려진 나무를 들고 움직이려는데 살틴이 마법진 밖으로 나왔다.

그 모습이 마치 공간을 통과해 나오는 것 같아 약간 괴기스럽기도 했다.

"왜요?"

"오줌 누러 나왔다, 이 자식아! 한데 어디 가려고?"

"추격대가 어디쯤 왔나 확인하려고요."

"…해라."

오줌을 누면서 뭔 말을 하는데 잘 들리지 않았다.

"뭐라고요?"

"조심하라고! 쳇!"

바지를 추스르고 마법진 안으로 사라지는 살틴.

그 모습에 피식 웃곤 계곡 쪽으로 내려갔다. 계곡의 호수를 보자 아까 벌였던 전투가 생각나 온몸이 가볍게 떨렸다.

멀쩡해진 다리를 보니 현실감이 더욱 들지 않았다.

"네가 고친 거냐?"

내 몸에 붙어사는 괴생명체 점(?)에게 말을 해봤다. 그러나 역시나 아무 말이 없었다.

크게 숨을 쉬며 오크들이 사는 산으로 시선을 돌리고는 눈을 감았다. 달빛이 있었지만 마나를 이용하여 보는 것이 훨씬 편했다.

"응?"

막 발길을 옮기려는 찰나 한 가지를 알아챘고, 등 뒤로 소름이 쫘악 돋았다.

오우거의 시체가 없었다.

호수에 정체불명의 괴물이…….

그럴 리가 없다. 아까 오우거가 걸어오는 것을 볼 때 깊이라고 해봐야 2미터가 넘지 않았다.

한데 거의 6미터에 가까운 오우거를 삼킬 만한 괴물이 산다고 보기엔 무리가 있었다.

이런저런 생각을 해봤지만 결론은 하나였다.

놈은 살아 있다!

난 마나를 이용하여 보고 있음에도 고개를 이리저리로 돌리며 놈을 찾았다.

그러나 주변에는 놈이 없었다.

"살아 있다고 해도 치명적인 부상을 당했겠지?"

스스로를 안심시키며 뛰기 시작했다. 한시라도 이곳에 있고 싶다는 생각이 들지 않았다.

겁을 먹고 오크의 마을이 있던 산을 뛰어오르던 나는 문득, 너무나 편하고 빠르게 산을 오르고 있다는 사실을 깨달았다.

그리고 그 이유가 하단전의 기운이 다리로 내려가고 있기 때문임을 알게 되었다.

'전화위복이라 해야 하나?'

기절할 정도의 고통을 겪은 뒤 얻은 능력이라 그런지 기쁘

기보단 씁쓸했다.

그리고 두 다리에 하단전의 기운을 사용할 수 있게 되었다 해도 두 번 다시 오우거와 싸우고 싶은 생각은 절대 없었다.

두서없이 떠오르는 생각들을 접고 아까 오크들에게 가래침을 맞았던 곳까지 조심스럽게 내려갔다. 그리고 추격대를 방해하기 위한 트랩을 만들기 시작했다.

줄을 건드리면 마나 흡입부와 저장부가 그려진 나무판이 마법진에 맞춰지게 되는 간단한 트랩이었다.

먼저 트랩을 만들어 제대로 작동하는지를 체크했다. 줄을 건드리자 휘어져 있던 나무가 펴지며 두 개의 나무판이 길에 나타났다.

난 그 자리에 재빨리 마법진의 마법 발현부를 그렸고, 트랩을 원래 위치로 돌려놓았다.

밤하늘의 별로 대충 시간을 측정하니 한 시간 반 정도 걸렸다.

"제발 걸려라."

걸리면 추격대와의 시간을 더욱 벌릴 수 있을 것이다. 물론 노예 몇 명 때문에 쫓지 않을지도 몰랐다.

그렇다면 다행이지만 아니라면 꼭 걸리길 바라며 돌아섰다.

아직 한 가지가 더 남았다.

산에서 내려오는 길은 외길, 그곳에 다시 마법진을 두 개를 더 그렸다.

그리고 마법진에 마나를 주입해 활성화시키고, 마나 흡입부에 마나를 불어넣어 마나 저장부를 채우고 끝을 냈다.

둘 다 밟으면 작동되는 마법진이었다.

그리고 산꼭대기에 올라가 추격대가 오는지를 확인해 본다.

"생각보다 늦네."

이곳에서 이리저리 지체한 시간이 4시간. 추격대가 바로 뒤 쫓았다면 지금쯤 산 아래쯤엔 도착할 때가 넘었을 시간이었다.

"그냥 노예 몇 명이라 추적을 포기한 건가?"

30분을 더 기다렸지만 별다른 움직임이 보이지 않았다. 목적지를 정하고 느긋하게 도망가도 될… 추격대가 나타났다!

라이트 마법을 앞세우고 산을 막 오르고 있었다.

"한 시간 차이인가?"

저들이 있는 곳에서 빠르게 오면 우리가 있는 곳까지 한 시간이면 가능했다. 물론 내가 파놓은 함정을 벗어날 때의 일이었다.

뒤돌아 뛰기 시작했다.

이제 우리도 출발할 시간이다.

15장
쫓는 자

"트레이스!"

위릴은 추적 마법을 펼쳤다. 하지만 어디에도 흔적이 보이지 않았다.

"영악한 놈."

그는 아우스를 생각하며 빙긋이 웃었다. 재미있다는 생각에서였다.

추적을 시작하며 쉽게 잡히면 어쩌나 걱정했는데 기우에 불과했다.

놈은 추적에 대해서 아주 잘 알고 있었다.

계곡으로 내려와 흔적이 잘 남지 않는 자갈길을 걷다가 산으로 올라간 것이다.

여기서 아무 산이나 올라갔다간 완전히 놓일 수 있었기에 시간이 지체되더라도 정확히 도망간 방향을 잡아야 했다.

"흔적을 찾았습니다!"

계곡의 한참 밑에서 조사를 하던 병사가 소리쳤다.

여기저기 흩어져 흔적을 찾던 병사들과 마법사들은 일제히 그 방향으로 달려갔고, 위럴 또한 빠르게 뛰어올라 간 흔적을 확인했다.

"이쪽이 맞군. 후발대가 알 수 있게 표식을 한 후 출발한다."

흔적을 최대한 안 남기고 도망가지만 흔적을 지울 생각은 없었기에 산을 향해 빠르게 올랐다.

"놈들이 여기서 잠깐 쉬었습니다."

추적에 능한 병사가 어지럽게 찍힌 발자국을 보며 도망자들의 행동을 추정했다.

"음식물을 먹은 흔적은?"

"역시 없습니다."

"후후! 철저히 준비를 했군."

"한데 위럴 경 병사들도 아직까지 식사를……."

한 마법사가 위럴에게 말했지만 위럴은 단호하게 외쳤다.

"우리는 놈들보다 더 빨리 움직인다. 배고픈 자들은 걷거나 뛰면서 먹도록!"

"…예!"

윗사람이 까라면 까야 했다. 특히 그 윗사람이 위럴이라면 더더군다나 복종해야 했다.

병사들은 허리춤에 달린 주머니에서 빵을 꺼내 먹으며 흔적을 따라갔다.

추적은 해가 지고도 계속되었다.

마법사들이 라이트 마법을 펼치면 병사들은 흔적을 찾았다.

"여깁니다……."

14시간이 넘는 추적에 하단전을 개발한 전투 마법사들도 힘든 표정을 짓는데 병사들이야 오죽하랴.

산으로 올라가는 흔적을 찾은 병사의 목소리엔 힘이 없었다.

"놈들도 쉬지 않고 계속 걷기는 힘들 터. 분명 이번 산을 넘으면 잡을 수 있을 것이다. 그러니 힘들어도 참아라."

대답은 없었지만 위럴은 신경 쓰지 않고 걸음을 재촉했고, 병사들과 마법사들은 체념한 표정으로 따라갔다.

40분 정도 올라가자 선두에 선 병사가 손을 들었다.

"무슨 일이냐?"

"이곳에서 놈들이 멈췄습니다."

"한데?"

"주변의 풀을 보면 이리저리 뜯긴 자국이 있는데 놈들 앞에 뭔가가 나타난 게 아닐까 생각합니다."

"타당성이 있군."

위럴도 병사의 말에 동의했다.

뭔가 불안할 때나 심심할 때 풀을 뜯는데 조각조각 난 풀잎들과 입으로 물어뜯은 듯한 풀들이 제법 보였다.

휴식을 취했다기보단 불안에 떨며 앉아 있었다는 표현이 어울리는 장소였다.

"놈들이 향한 쪽은?"

"왼쪽 숲 쪽입니다."

"라이트 마법을 모두 꺼라. 그리고 자네가 이 병사와 함께 정찰을 해라. 우리는 뒤에서 천천히 뒤쫓겠다."

위럴도 발칸 산맥에 수많은 몬스터가 있다는 걸 알고 있었다.

그래서 도망자들이 만난 것이 몬스터가 아닐까라는 생각을 했고 속도를 낮추기로 했다.

"위럴 경, 이쪽은 힘들겠습니다. 앞에 오크의 마을이 보입니다."

"오크의 마을이? 규모는?"

정찰을 하고 온 마법사와 병사의 굳은 얼굴로 위럴에게 보고를 한다.

"대략 50~100마리 정도의 규모로 예상됩니다."

"놈들이 그곳을 통과했다고?"

"예. 풀이 꺾인 방향을 보자면 마을 바로 옆 언덕으로 넘어간 것 같습니다."

위럴은 고민에 빠졌다. 돌아가자니 두 시간은 더 걸릴 것 같았다.

그리고 다른 길로 간다고 해서 다른 오크 마을이 없다고 장담할 수도 없는 상황이었다.

"내가 보고 오겠다."

위럴은 조심히 앞으로 나아가 꼼꼼히 살폈다.

'보초가 있는 곳만 조심히 통과하면 가능할 것 같은데……'

조금 위험하긴 했지만 충분히 가능할 것 같았다.

어린아이들과 성인 노예들도 통과했는데 자신들이 통과 못 할 이유가 없어 보였다.

다시 병사들이 기다린 곳으로 돌아온 그는 자신의 의견을 말했다.

"후발대를 기다리는 게 좋지 않을까요?"

"후발대가 얼마나 올지 모른다. 그리고 위쪽으로 간다고 해서 오크 마을이 없으리란 보장이 없다."

"그렇지만……"

"시간적으로 볼 때 놈들은 해가 지기 전에 통과했을 것이다. 노예들이 통과할 때보다 지금이 훨씬 유리하다."

마법사들과 병사들은 위럴의 말이 틀리지 않음은 알았지만 찝찝했다.

그러나 이곳의 통솔자는 위럴이었다.

"혹시 오크에게 들킨다면 뒤에서 내가 막을 동안 넘어가면 된다."

위럴이 이렇게까지 말하는데 반대하는 이는 더 이상 없었다.

"두 사람은 남아 후발대에게 오크 마을이 있음을 알려라. 너희 둘이 남는다."

"옙!"

위럴에게 지정받은 두 병사는 교차 지점으로 돌아갔고, 나머지는 천천히 전진하기 시작했다.

정규 병사들답게 기도비닉을 유지한 채 오크 마을의 정문을 통과했다.

선두의 병사는 정문이 멀어지자 빠른 속도로 언덕으로 올라가는 길에 접어들었다.

핑! 달칵!

그의 발에 끈이 걸리며 두 개의 나무판이 튀어나왔다.

'트랩?'

그 병사의 마지막 생각이었다. 짧은 빛과 함께 엄청난 폭발이 일어났다.

꽈아아아앙!

"으아아아~!"

"부, 불! 으악!"

선두에 있던 병사와 뒤따르던 세 명은 폭발과 함께 터진 나뭇조각에 피투성이가 된 채 쓰러졌고, 그 뒤에 세 명은 화염에 휩싸여 비명을 지르며 대열을 이탈했다.

"하, 함정입니다."

뒤에 몰려 있던 마법사들은 무사할 수 있었다. 하지만 갑작스러운 상황에 당황해 위럴을 보며 외쳤다.

"병신들! 그냥 달려!"

위럴은 큰 소리로 소리치며 엎드린 자세에서 일어났다. 폭발음에 오크들이 깼고 굳게 닫혀 있던 문이 열리는 걸 본 것이다.

"파이어 볼!"

불타는 병사들을 버리고, 남은 병사들과 마법사들은 언덕 위로 뛰기 시작했고, 위럴은 정문을 향해 파이어 볼을 세 번 날리고 뒤따랐다.

"빨리 뛰어!"

위럴은 몰려오는 오크를 보며 외쳤다. 하지만 앞에 뛰는 병사들은 아무래도 전투 마법사보다 느릴 수밖에 없었다.

"밑으로!"

맨 앞에 달리는 병사는 언덕 꼭대기에서 어디로 가야 할지 잠깐 주춤댔다.

그러나 뒤에서 들리는 위럴의 목소리에 아래를 향해 뛰었다.

"헉! 헉!"

숨이 목까지 차올랐지만 뒤에서 들리는 오크들의 함성에 멈출 수가 없었다. 그에 오로지 바닥만 바라보고 달렸다.

그러다 어느 순간 바닥에서 빛이 번쩍이는 게 보였다.

'뭐, 뭐지?'

싸악!

발목에서 뭔가 따끔했지만 지금은 신경 쓸 겨를이 없었다.

한데 계속 달리려는 생각과 다르게 몸이 앞으로 기울어지는 걸 느꼈다.

그리고 바닥에 넘어지고 나서야 비로소 발목이 없음을 알게 되었다.

"으아아아악!"

"으아악!"

비명은 자신만 지르는 것이 아니었다. 자신의 몸 위로 넘어지는 다른 이들도 비명을 지르고 있었다.

"취이익! 취익!"

"으갸갸갸!"

발목이 사라졌다는 공포와 뒤에서 오크가 다가온다는 공포가 합쳐졌다. 그리고 두 팔로 땅을 긁으며 도망가고자 했다.

한데 손을 뻗은 자리에서 다시 한 번 빛이 번쩍이는 게 보였다.

"씨……."

욕을 채 뱉지도 못하고 마법진에서 일어난 윈드 커터가 얼굴을 자르고 지나가는 걸 느껴야 했다.

위럴은 마나의 유동을 느끼는 순간 위험을 느끼곤 무작정 왼쪽 절벽 쪽으로 몸을 날렸다.

"으아아악!"

비명 소리가 들리고, 바로 앞에 있던 마법사의 다리가 잘려나가는 걸 보면서 아래로 추락했다.

위럴은 침착하게 돌바닥을 보면서 하단전의 기운을 온몸으로 보내 충격에 대비했고, 부딪치기 직전 마법을 펼쳤다.

"쉴드!"

쿠웅!

"크윽!"

쉴드가 깨지지 않아 울퉁불퉁한 돌바닥이 아닌 쉴드에 부딪혔지만 떨어지는 충격까지 막아주진 못했다.

팅! 팅! 팅!

충격에 잠깐 넋을 잃고 있다가 위에서 오크들이 던진 무기가 쉴드에 부딪히는 소리에 정신을 차리곤 절벽에 바싹 붙었다.

"춰익! 춰익!"

오크들은 내려올 생각이 없는지 한참 위에서 뭔가를 던지더니 물러갔다.

"크크큭큭!"

위럴은 절벽에 바싹 붙어 숨을 헐떡이고 있는 자신을 보곤 웃음이 나왔다.

자조적이고 아우스에게 철저히 농락당한 것에서 온 분노의 웃음이었다.

그저 사냥감에 불과한 놈이라 생각했는데 오산이었다.

"아우스, 아우스, 아우~ 스! 네놈의 살을 가르고 뼈를 발라주마!"

위럴은 상처 입은 야수처럼 으르렁댔다.

한참을 미친 사람처럼 굴던 위럴은 마음을 가라앉힐 수 있었다.

"지옥까지 쫓겠다!"

위에 상황은 안 봐도 알 만했다.

혼자라도 아우스를 끝까지 쫓을 생각을 하며 걸음을 옮기던 위럴은 엄청난 살기와 위압감을 주는 어느 물체가 앞에 있음을 깨달았다.

"크르르… 크룽!"

"오, 오우거……!"

눈앞에 6미터쯤 되어 보이는 오우거가 서 있었다. 놈의 피부는 여기저기 상처를 입었는지 진물이 흐르고 있었고 눈빛은 인간에 대한 분노가 담겨 있었다.

위럴은 온몸의 힘이 빠지는 걸 느꼈다. 그리고 나지막이 중얼거리며 웃었다.

"아우스, 네놈이 이겼다. 크크큭, 하하하!"

"크아아아아아아앙!"

자신을 비웃는다고 생각해서일까. 오우거는 크게 울부짖었다.

그리고 날카로운 손톱으로 위럴을 갈랐다.

*　　　*　　　*

폭발음과 오크들의 울부짖음에 남겨진 두 병사는 일이 틀어졌음을 깨달았다.

그리고 두려움에 떨며 좀 더 밑으로 내려가 후발대를 기다렸다.

"어떻게 됐을까?"

"위럴 경이 있으니 무사히 넘어갔겠지?"

"그, 그렇겠지?"

두 병사는 애써 상황을 좋게 이해하려 했다. 하지만 폭발음과 함께 들렸던 병사들의 비명 소리가 또렷이 남아 있었기에 불안감을 감추진 못했다.

"후, 후발대다!"

30분 정도 지났을 때 후발대가 많은 수의 라이트를 밝히며 산으로 올라오는 것이 보였다. 두 병사는 밝은 표정으로 후발대를 향해 뛰어갔다.

후발대의 규모는 어마어마했다.

스물다섯 명의 전투 마법사, 마흔 명의 병사들, 열아홉 명의 실버울프 단원들, 그리고 음식들을 나르는 서른 명의 노예들까지.

선발대가 매어둔 표식을 보며 빠르게 도망자를 쫓던 탐스는 두 명의 병사가 뛰어오는 모습에 손을 들어 진군을 멈췄다.

달려온 두 병사는 탐스를 보곤 고개를 숙였다.

"탐스 경!"

"너희는 선발대가 아니냐? 위럴 경은 어디 있나?"

"위럴 경과 나머지 인원은 오크 마을을 지나 놈을 쫓아갔습니다. 저희 두 사람은 이 사실을 탐스 경에게 알리기 위해 기다리고 있었습니다."

"오크 마을이 있다고?"

"예. 대략 50~100마리쯤 있을 거라고 했습니다."

"언제 지나갔느냐?"

"40분 정도 전에 갔습니다. 한데……."

탐스는 두 병사의 흔들리는 동공에서 뭔가를 두려워하고 있다는 것을 알았다.

"시간이 없다! 자세히 말하라."

"예, 예! 위럴 경과 선발대가 오크 마을을 지날 때 갑자기 폭발음이 들리고 오크들의 괴성도 들렸습니다."

"그 말은?"

"저희는 상당히 떨어져 있었기에 정확히 알지는 못합니다."

위럴이 쉽게 죽을 거라 생각하지 않았지만 선발대 인원을 생각하면 위험한 상황에 처했을 수도 있다는 생각에 탐스는 서두르기로 했다.

"안내하라."

"예!"

두 병사가 뛰어가는 길을 마법사는 라이트로 비췄고 후발대는 그 뒤를 따른다.

"셀레르 경이 좀 도와주셔야겠어요."

탐스는 같이 온 실버울프 기사단의 책임자인 셀레르에게 말했다.

"하하하! 오크를 보는 것이 얼마만인지 모르겠군요. 원하신다면 저희가 선두에 서죠."

"말씀은 감사합니다만 싸울 생각은 없습니다."

"아하! 무력시위를 한 채 지나갈 생각이군요."

셀레르는 탐스의 의도를 정확히 알아챘다.

지금은 오크를 섬멸하는 것보다 주동자들을 잡는 게 우선이었다.

"그렇습니다. 놈들을 잡고 돌아올 때 부탁드리죠."

"하하하하! 역시 탐스 경이시군요. 사실 이런 기회가 아니면 언제 오크들과 싸워보겠습니까? 기사단원 중 몬스터를 본 적이 없는 이들도 있답니다."

탐스는 셀레르의 말에 빙긋 웃었다. 이곳까지 오며 그의 성격을 어느 정도 파악한 상태였다.

전형적인 마법 기사단 출신으로 체면을 중시하고 호승심이 강한 인물이었다.

"저곳입니다."

병사가 가리키는 곳에 위치한 오크의 마을은 굵고 높은 통나무로 인간의 성처럼 튼튼하게 만들어져 있었고, 탐스 일행을 발견했는지 소란스럽게 웅성거리고 있었다.

"파이어 볼로 무력시위를 한다. 지금 싸울 것은 아니니 명령이 있을 동안 공격은 하지 말도록!"

우웅~

탐스 일행이 모여 있던 곳의 마나가 요동치며 파이어 볼이 수십 개가 떠올랐는데 주변이 대낮처럼 밝아졌다.

"츄익! 츄익!"

"취익! 취이이이익! 츄익!"

마을의 벽에 서 있던 오크들은 무기를 고쳐 쥐면서도 마을 밖으로 나오지 않는다.

"홋! 아주 머리가 없는 것들은 아니군."

셀레르의 말처럼 오크들은 공격해 올 의사가 전혀 없어 보였다.

그래서 탐스는 빠르게 명령을 내렸다.

"마법사들은 오크를 대비하고 일단 병사들과 노예들이 먼저 움직인다."

"예!"

파이어 볼 때문에 워낙 밝아 병사들은 흔적을 찾으며 이동하기 쉬웠다.

"탐스 경! 이쪽으로 와보셔야겠습니다."

선두에서 흔적을 더듬어 가던 병사는 불타 죽은 여섯 구의 시체를 보고 인상을 쓰면서 탐스를 불렀다.

"무슨 일이냐?"

"선발대의 시체입니다."

탐스는 불탄 시체들을 살폈다.

사람인지 아닌지 조차 헷갈리는 세 구의 시체와 달리 언덕으로 올라가는 길에 불타고 밟힌 흔적의 시체를 살피다 낮은 신음 소리를 냈다.

"음⋯⋯."

"폭발한 흔적이군요."

다가온 셀레르는 소매로 코를 막으며 사고 현장을 보며 말했다.

"네. 마법진을 이용한 트랩 같은데 세 명을 즉사시키고 뒤따르는 세 명을 불태울 정도로 큰 폭발이군요."

"마법진의 폭발이라고요?"

셀레르는 깜짝 놀라며 물었다.

6서클의 마법사라면 파이어 볼을 더욱 크게 만들어 사고 현장과 같은 폭발력을 만들 수는 있었다.

하지만 6서클 마법진은 이 정도 좁은 길에 그릴 수 있는 게 아니었다.

아무리 줄여도 지름 1.5미터 이하로는 불가능하다는 것이 마법학계의 정설이었다.

그뿐만 아니었다. 마법진이 필요로 하는 마나의 양이 어마어마해 충전 시간이 며칠이 걸리는 것은 물론이고 증폭할 수 있는 마나석은 필수였다.

"흔적이 거의 남아 있지 않지만 2개의 마법진을 사용한 것 같습니다."

"상극 관계의 마법진을 사용했다는 겁니까? 그것은……."

"알고 있습니다. 두 마법진을 붙여 그릴 순 있지만 활성화되고 마나가 흡입되는 순간부터 폭발한다는 것 말입니다. 트랩으로 사용하기가 불가능했죠. 지금까지는……."

"……."

셀레르는 뭔가 말하려다 입을 다물었고, 탐스는 살펴보는 걸 멈추고 일어났다.

"시체를 한쪽으로 치우고 완전히 불태워라! 이동한다. 그리고 앞으로 4서클 마법사 한 명이 마나 디텍팅을 사용해 맨 앞에 나선다."

철저히 검사를 해보고 싶었다.

상극 관계의 두 마법진을 하나로 사용할 수 있다면 전쟁에 엄청난 도움을 줄 것이다.

아니, 그보다 마법학계에 발칵 뒤집힐 일이었다.

탐스는 도망자들을 잡아야 할 이유가 하나 더 생겼기에 지체할 수가 없었다.

추적대는 오크의 방해 없이 무사히 언덕을 올랐고, 산을 내려가기 시작했다.

"잠깐! 앞에 마법진이 있습니다."

탐스의 명령으로 마나 디텍팅을 펼치고 걷던 마법사가 소리쳤다.

마나 디텍팅은 자연 상태의 마나를 볼 수는 없지만 인간의 몸에 마나가 얼마나 있는지와 활성화되어 마나를 저장하고 있는 마법진을 찾을 수 있었다.

"도망가던 이들이 이곳에서 당한 모양입니다."

마법사보다 한 걸음 앞서가던 병사는 온통 젖은 바닥을 보고 인상을 쓰며 말했고, 조각이 나 뒹구는 손가락 하나를 들어 보였다.

"무슨 마법진이냐?"

"…윈드 커터입니다."

"으득! 없애고 빨리 이곳을 벗어난다."

조용히 오크 마을을 지나려 했던 선발대는 트랩에 걸렸고,

그 폭발에 오크들에게 들켜 쫓기다 마법진에 당했을 것이다.

탐스는 그 상황이 머릿속에 그려졌다. 그리고 마법진에 당했던 바닥의 피로 물들었음에도 시체가 없는 이유 또한 알았다.

하지만 오크에 대한 원한은 뒤로 미루고 산 아래까지 빠르게 이동했다.

"어디로 갔는지 살펴라!"

계곡의 광경이 멋있긴 했지만 선발대가 당한 것을 보고 내려온 추적대의 눈에 보일 리가 없었다.

"타, 탐스 경! 이, 이곳을 빨리 벗어나야 할 것 같습니다."

"나도 봤다."

라이트로 주변이 밝았기에 못 볼 수가 없었다.

어린애 몸통만 한 발자국이 바닥에 어지럽게 찍혀 있었고, 그 깊이 또한 상당해 어떤 몬스터인지 단번에 알 수 있었다.

"오, 오우거!"

"오우거라고요?"

한 병사의 외침에 사람들은 주변을 살피며 수선스럽게 굴었다.

"조용! 오우거에게 놈들이 당했나?"

"잠시만 기다려 주십시오. 제가 이동하는 쪽으로 라이트 마법 부탁드립니다."

"알았다."

추적을 맡은 병사는 주변을 이리저리 살피다 오른편에 있는 산 쪽으로 향했다.

"이쪽입니다!"

"모두 최대한 주변을 살피며 이동한다."

설령 오우거가 나타난다고 해도 피해는 있겠지만 충분히 막을 수 있는 전력이었다. 기습만 아니라면 그리 걱정할 것은 없었기에 마법사들은 긴장을 늦추지 않고 계곡을 벗어났다.

"이곳에서 놈들이 잔 것 같습니다. 한데……."

아우스 일행이 잔 곳의 흔적을 살피던 병사는 조심스럽게 말을 꺼냈다.

"탐스 경, 벌써 15시간이 넘어가고 있습니다. 조금 쉬는 것이……."

마법사들이라면 며칠이고 잠을 자지 않고 버틸 수 있지만 병사들과 노예들은 한계에 이르렀다.

이럴 땐 윽박지른다고 될 일이 아니었다.

또한 예상과 다르게 추적은 금방 끝날 것 같지도 않았다.

"쉰다. 저녁을 준비해라. 그리고 올라온 쪽에 보초를 세워두도록."

"예! 이곳에선 쉰다. 노예들은 서둘러 마법사님들을 위해 음식을 준비해라."

준비라 해봐야 간단한 스프와 빵이 전부였다.

"여기 있습니다."

노예가 건네는 식판을 받아든 탐스는 빵을 씹으며 생각에
빠졌다.

'아우스, 네놈은 누구냐?'

아우스에 대해 알아갈수록 의문이 커지고 있었다.

출발할 때까지만 해도 위럴의 말을 100퍼센트 믿지 않았다.
한데, 발자국을 통해 반란의 주동자들과 청소 팀의 어린 노예
들을 탈출시킨 이가 한 명이고, 발자국 크기를 볼 때 어린애
라는 사실을 알게 되었다.

탐스도 결국 아우스가 살아 있고, 범인임을 인정할 수밖에
없었다.

무엇보다도 가장 큰 의문은 오크 마을을 통과할 때 본 상
극인 두 개의 마법진을 이용한 방법이었다.

'네가 어떻게 드리니트 남작가의 마법진을 아는 것이냐?'

3년 전, 발칸 제국에서 그저 그런 변방의 귀족이었던 드리
니트 남작가가 갑자기 온풍기와 냉풍기라는 물건을 내놓았다.

획기적인 물건이었고, 엄청난 부를 축적하게 만들었다. 특
히나 온풍기는 폭발을 일으키는 파이어와 윈드를 이용했다는
것에 세상은 놀랐다.

마법 물품이 나오면 그와 유사한 복제품이 나오게 마련, 냉
풍기는 유사한 제품들이 쏟아졌지만 온풍기만은 예외였다.

많은 이들이 드리니트 남작가의 마법진에 대한 비밀을 풀기
위해 매달렸다.

그중에 뮬터 공작가도 예외가 아니었다.

수많은 첩자들이 드리니트 남작가 주변을 들쑤시고 다니고 연구를 했었다. 하지만 2년이 지나도록 아무도 알아낸 곳이 없었다.

그러는 와중에 드리니트 남작가에서 또 다른 마법 물품이 나온다는 소식이 전해졌다.

24시간 켜지는 라이트였다.

마나 흡입부의 혁신이라는 얘기가 돌면서 모든 상인이 긴장을 할 때 또 다른 묘한 소문이 함께 돌았다. 드리니트가에 마법진에 관한 고대의 유물이 있다는 소문이었다.

귀물이 있다는 소문은 사람들의 욕심을 자극하게 마련이었다.

특히나 공작가의 샤루틴 자작의 욕심은 다른 이들보다 훨씬 컸다.

결국 고대의 유물을 차지하기로 마음먹은 샤루틴 자작은 많은 수의 마법사들과 함께 드리니트가를 쳤다.

그때 침투했던 많은 마법사들이 위럴의 선발대가 당한 마법진에 당했다.

설마 그 마법진을 노예들을 쫓다 보게 될 줄은 탐스도 몰랐다.

'천재인 거냐? 아님 드리니트가의 후손인 거냐?'

많은 희생 끝에 드리니트가를 점령했다.

후손들은 도망갔지만 드리니트 남작은 잡을 수 있었다. 그러나 그마저 잡히자마자 자결을 하는 바람에 고대의 유물에 대해 어떤 것도 알 수가 없었다.

결국 하녀, 하인들을 닦달해 드리니트 남작이 거의 매일 머물다시피 한 곳을 알아냈다.

하지만 그곳에 갔을 땐 고대 유물이 있었을 거라 예상되던 벽과 바닥이 흉측하게 뜯겨져 나간 상태였다.

"어쩔 생각입니까?"

생각에 빠진 탐스를 향해 셀레르가 물었다.

"추적조와 보급조로 나눌 생각입니다."

"그 말은……?"

"네. 잠시 후, 마법사들과 출발할 겁니다. 셀레르 경은 어떻게 하시겠습니까?"

"하하하! 전 당연히 추적조이지요. 보급조에 실버울프 기사단 열을 남기죠."

"협조에 감사합니다."

"별말씀을요. 전 아우스라는 그 노예가 무척이나 보고 싶어졌어요."

"그놈을요?"

"아까 보시지 않았습니까? 오우거는 분명 놈들을 덮쳤습니다. 뱃속부터 마법을 배웠다고 해도 고작 열다섯 살의 꼬마 노예가 6서클은 되어야 상대할 수 있다는 오우거를 어떻게 처리하고 도망갔는지 탐스 경은 궁금하지 않으십니까?"

맞는 말이었다. 그 점에 대해선 탐스 역시 궁금했다.

500년 전 갈릭 혼 앤티시아는 신체와 정신의 성장과 마법의 성장에 관한 상관관계에 대한 글을 남겼다.

그 글에는 신체와 정신이 일정 수준에 이르지 못하면 마법의 성장이 어렵다고 나와 있었다.

가령 15세 이하의 소년의 경우 아무리 마나 친화력이 높고, 많은 마나를 받아들여도 3서클이 한계라고 되어 있었다.

이 이론은 500년을 거치면서 거의 정설처럼 받아들여지고 있었다.

"운이 좋았을 수도 있겠죠."

"그럴 수도 있겠죠. 마법진에, 오우거까지. 그 노예의 운이 어디까지 가나 확인하고 싶어졌습니다. 하하하!"

셀레르는 웃었지만 눈은 웃고 있지 않았다.

그 역시 탐스처럼 의문을 가지고 있는 게 틀림없어 보였다.

'아우스를 노리는 건가? 어림없지.'

탐스는 셀레르의 속셈을 눈치챘다. 물론 아우스를 사로잡아도 넘겨줄 생각은 없었다. 하지만 지금 싸울 필요는 없었다.

일단은 사로잡는 게 우선이었다.

"서두릅시다. 마법진을 그리고, 오우거와 싸웠다면 멀리 도망가지는 못했을 겁니다."

"그러죠."

"보급대는 이곳에서 쉬다 내일 아침 날이 밝자마자 최대한 빨리 뒤쫓아 오도록. 그리고 식량 일부는 각자 챙겨간다."

"예!"

탐스 일행은 보급대를 놔두고 마법사로만 된 추적대를 구성해 다시 쫓기 시작했다.

새벽부터 내리기 시작한 보슬비는 추적을 더욱 박차를 가하게 해주었다.

"비가 오기 시작할 때 이곳을 지나갔군."

미끄러진 발자국을 보던 탐스는 회심의 미소를 지었다.

"대략 1시간 차이다. 서둘러라!"

마법사들로만 이루어진 추적대는 확실히 거리를 서서히 좁혀갔다.

"탐스 경, 마나가 반으로 줄었습니다."

"고생했어. 폴런, 이번엔 자네가 부탁하네."

어디에 있을지 모를 마법진을 생각해 마나 디텍팅을 시전하고 추적을 했다. 하지만 한 사람의 마나가 다 떨어지면 곤란했기에 반이 떨어지면 다른 사람으로 교대를 했다.

"예! 마나 디텍팅!"

폴런이라 불린 마법사는 마나 디텍팅을 시전하며 앞으로 나왔고, 다시 발자국을 따라 전진했다.

"앞에 마법진이 있습니다!"

폴런의 외침에 일행들은 멈췄고, 그는 마법진을 해체하기 위해 앞으로 나갔다.

"역시 윈드 커터입니다. 이번엔 땅이 아니라 나무판에 새긴 후 낙엽으로 살짝 덮어뒀습니다. 디스펠!"

조심히 마법진을 보며 설명하던 폴런은 마나 디텍팅을 멈추고 디스펠을 펼쳤다.

디스펠은 사물에 걸린 이로운 효과(버프)나 해로운 효과(디버프)를 없앨 때 사용하는 4서클 마법으로 마법진을 비활성화시킬 때도 사용했다.

디익!

"이건……."

폴런이 마법진이 새겨졌던 나무판을 들었다. 하지만 그 순간 나무판 밑에 장치되어 있던 트랩이 작동했다.

"조심해!"

그 모습에 탐스가 외쳤지만 늦었다. 폴런의 옆에 있던 나무에서 마법진이 작동됐다.

싸악! 파파파팍!

윈드 커터였다. 폴런의 허리를 깔끔하게 자른 바람의 칼날은 주변의 나무를 할퀴고 자르며 힘을 잃고 사라졌다.

"폴런!"

"멈춰! 마나 디텍팅!"

폴런과 친했던 마법사 한 명이 뛰어가려는 걸 손으로 막은 탐스는 다른 마법진이 없는지를 먼저 확인했다. 그리고 안전하다 생각되었을 때 손을 내렸다.

"포, 폴런. 큐어! 큐어! 흐흑! 큐어!"

즉사였다.

하지만 달려간 마법사는 사랑하는 연인이라도 잃은 듯이 치료 마법을 펼쳤다. 그러나 5서클 힐링 마법이라고 해도 잘려진 허리를 붙일 순 없었다.

탐스는 그런 그를 두고 폴런의 허리를 끊은 마법진을 보고 있었다.

나무에 그려진 마법진은 처음 보는 형태였다.

마치 육 등분 한 케이크의 한 조각이 없어진 형태였고, 트랩이 작동하며 한 조각의 케이크가 맞춰지는 형식이었다.

"완전 새로운 방식이군요!"

셀레르는 언제 다가왔는지 탐스의 바로 뒤에서 마법진에 대한 놀라움을 표한다.

"마법진을 이런 식으로 만드는 게 가능하다니……. 마법 발현부만 그려서 활성화만 시켜두고 이 한 조각에 마나 흡입부와 마나 저장부를 그려서 합쳐지면 마법이 발현되도록 만들었군요."

셀레르는 마나 흡입부와 마나 저장부가 그려진 나뭇조각을 빼려 했다.

하지만 탐스가 먼저였다.

"보고를 위해서 제가 가지고 있겠습니다."

"하… 하하. 그러셔야죠. 한데 잠깐 보는 거야 상관없지 않습니까?"

"여기 있습니다."

잠깐 보겠다는 것마저 거부할 순 없었다. 나뭇조각을 셀레르에게 넘긴 탐스는 주변을 빠르게 정리했다.

죽은 폴런을 불태우고, 나무에 마법진이 그려졌던 부분을 잘라 마법진을 떼어낸 후에야 출발 준비를 마쳤다.

"그만 울게나. 지금은 폴런의 원수들을 잡아야 하지 않겠나?"

"아, 알겠습니다!"

울던 마법사는 눈물을 닦고 뭔가를 결심한 듯한 표정으로 일어났다.

"그럼, 출발하지."

뒤처리를 하느라 조금 늦어지긴 했지만 추적대는 다시 흔적을 따라 움직인다.

"탐스 경은 놈을 어찌할 생각입니까?"

셀레르는 조용히 다가와 탐스만 들릴 정도의 목소리로 말한다.

"글쎄요, 셀레르 경은 어찌했으면 좋겠습니까?"

"반드시 사로잡아야 합니다. 주동자 놈들과 비교도 안 되게 중요한 놈이에요."

지금까지 나온 사실로만 판단을 해도 아우스는 세상을 바꿀 천재였다.

탐스 역시 그렇게 생각했기에 솔직히 자신의 생각을 밝혔다.

"저 역시 사로잡을 생각입니다."

"탐스 경 역시 그렇게 생각한다니… 그럼 차라리 놈들을 회유하는 게 어떻습니까?"

"회유요?"

"네. 괜스레 싸울 필요는 없다는 거죠. 우리에게 협조만 한다면 데리고 간 노예들이야 풀어주면 그뿐입니다."

"하면 주동자들은……?"

"증언이 필요한 거지 그들의 목숨이 필요한 건 아니잖습니까?"

탐스는 셀레르의 말을 이해했다.

괜찮은 생각이었다.

"그렇게 하기 위해선 일단 얼굴이라도 봐야지 않겠습니까?"

"하하하! 최대한 서두르죠. 본격적으로 우리도 돕겠습니다. 미노!"

"예!"

"이제부턴 네가 앞장을 선다!"

"알겠습니다."

"마법진 해제는 이제부터 두 사람이 맡는다. 해제 때 다른 사람이 쉴드를 쳐주도록."

"예!"

셀레르는 명령을 내리고 탐스에게 만족하느냐는 듯 웃어 보였고, 탐스는 만족했다는 듯 고개를 끄덕였다.

지금까지 실버울프 기사단은 탐스 일행을 감시하듯 따라왔을 뿐이다. 한데 공통의 목표가 생김으로 본격적으로 나선 것이다.

추적은 이제부터였다.

추적대가 떠나고 보급대는 산으로 더 올라가 넓은 공터에 잠자리를 마련했다.

"내일 일어나자마자 강행군을 할 것이니 빨리들 정리하고 쉬어라."

"예!"

잠자리는 그저 바닥의 돌만 치우고 누우면 끝이었다. 다들 빠르게 잠들었지만 한 명의 노예만 여전히 바닥을 고르고 있었다.

눈 밑으로 다크서클이 가득한 노예는 손가락 마디보다 작은 돌까지 꼼꼼하게 바닥에서 치우고 있었다.

그러다 어느 정도 되었다 싶었는지 바닥에 누웠다. 하지만 금세 다시 일어나 바닥에 있는 더 작은 돌을 신경질적으로 치웠다.

"너 뭐 하냐? 빨리 자!"

"네네……!"

불침번을 보는 실버울프 기사단의 말에 더 이상 돌을 치우지 못하고 노예는 자리에 누웠다.

'젠장! 난 예민하단 말이야.'

그는 노예답지 않게 잠에 극도로 예민한 편이었다

그래서 노예가 된 후 눈에 다크서클이 떠나본 적이 없었다.

하지만 피곤함은 바닥에 유리 조각처럼 느껴지던 돌조각들이 차츰 무뎌지게 만들었다. 그러나 그게 끝이 아니었다.

드르렁! 크르렁!

'이 새끼들아! 코 좀 골지 마!'

이번엔 코 고는 소리가 수면을 방해했다.

'자야 하는데… 내일은 정말 힘들 텐데… 낙오하면 목을 벨지도. 그게 아니라면 버리고 갈지도 몰라.'

코 고는 소리도 무뎌질 때쯤 이번엔 머리에 온갖 잡생각이 가득 찼다. 그는 그렇게 뒤척거리다 깜박 잠이 들었다.

쿵! 쿵!

"…씨발!"

땅이 미세하게 울리는 소리에 다시 눈을 뜬 그는 비몽사몽간에 욕을 뱉었다.

그러다 재빨리 입을 닫았다. 불침번인 기사가 들었으면 어쩌나 싶어 꿈쩍도 안 하고 있었다.

'휴~ 못 들은 모양이네.'

순간 바짝 긴장을 해서 그런 걸까?

잠은 완전히 사라져 버렸고, 다시 바닥의 돌조각이 유리 조각처럼 느껴졌다. 그리고 바닥을 울리는 '쿵쿵' 소리가 갈수록 커짐에 결국 자리에서 일어났다.

'뭐야? 불침번도 자고 있잖아?'

자리에서 일어난 그는 굳어진 몸을 스트레칭하고 가볍게 걷기 시작했다.

쿵! 쿵! 쿵!

'뭐, 뭐야!'

이제 깨어 있음에도 확실히 땅이 가볍게 울리는 것이 느껴졌다.

그리고 바람을 따라 역한 냄새가 코를 찌른다.

'오… 오, 오우거!'

그는 소리가 나는 산 밑을 내려다보다 달빛을 받으며 6미터는 족히 넘어 보이는 오우거가 다가오고 있음을 보았다.

"크르르르르~"

"…오… 오……."

소리를 질러야 하는데 놈과 눈이 마주치자 말이 나오지 않았다.

그리고 하체에 힘이 빠지며 털썩 주저앉아 바지에 오줌을 쌌다.

"…어, 어……."

가까이에 온 오우거는 훨씬 더 거대했다. 고양이 앞에 쥐처럼 덜덜 떠는 그를 놈은 힐끗 보더니 가볍게 손을 휘저었다.

"커억!"

몸이 의지완 상관없이 붕 날아 땅바닥에 처박혔다. 그리고 캄캄하던 시야가 점점 새하얘짐을 느꼈다.

"쿠아아아아아아아앙!"

그리고 보급대를 덮치며 울부짖는 오우거의 목소리와 비명 소리를 들으며 그는 정신을 잃었다.

16장
여정

추적대와의 거리가 갈수록 좁혀졌다.

적당히 쫓다가 피해를 입으면 멈출 거라는 예상과 달리 광산의 거의 모든 마법사가 우리를 쫓고 있는 것 같았다.

그저 노예 여덟에 불과한데 왜 이렇게 죽자 살자 쫓는지 이유를 알 수가 없었다.

이유라도 묻고 싶지만 지금은 그럴 시간이 없었다.

"빨리 뛰어요!"

"헉헉! 뛰고 있어, 이 자식아!"

앞에서 뛰고 있는 일행이 더디게만 느껴졌다. 하지만 살틴의 말처럼 그들도 최선을 다하고 있을 터, 더 이상 닦달을 한다고 빨라질 것 같지 않았다.

호주머니에서 나무패를 꺼내고 돌아섰다.

"취이이이이~익!"

"츄익! 츄이이익!"

수많은 오크들이 빠르게 다가오고 있었다.

"이거나 먹어!"

푸확! 콰아아아아앙!

25미터 앞에 화염 폭발이 일어나며 달려오는 오크들을 뒤덮는다. 하지만 그저 속도를 조금이라도 늦추기 위한 것이다.

대여섯 마리의 오크가 죽은 것 같았지만 달려오는 오크들의 수에 비하면 극히 일부에 불과했다.

하지만 약간의 시간은 벌었다.

난 다시 뒤돌아서 일행을 향해 뛰었다.

한데 뭘 생각을 하지 않고 다들 모여 우왕좌왕하고 있는 모습이 보였다.

"아, 아우스! 기, 길이 끊겼다."

몰린이 절망적인 목소리로 말했다.

절벽이었다.

건너편까지 갈 수 있는 방법은 5서클 플라이 마법이 아니고서는 불가능했다. 하지만 절벽 아래엔 계곡물이 빠르게 흐르고 있었다.

"뛰어내려!"

"뭐? 뛰, 뛰어내리라고?"

"안 뛰어내리면 오크의 점심이 될 거야! 뛰어내리다 다쳐도 숨만 붙어 있으면 살릴 수 있으니까 뛰어내려."

"나, 나 수영 못해."

모리스가 울 것 같은 표정으로 말한다.

"모리스, 어차피 저 정도 물살이라면 수영 따위 필요 없어."

다들 망설였다. 하지만 다른 방법은 없었다.

"스펜 아저씨."

"으, 응?"

"제가 먼저 뛰어내릴게요. 혹시 안 뛰는 애들 있으면 밀어버리세요."

"알았다!"

스펜의 말을 들음과 동시에 몸을 절벽 아래로 날렸다.

심장이 입 밖으로 튀어나올 것 같은 느낌이 들었다. 그러나 그것도 잠시 뛰어내리기가 무섭게 빠르게 흐르는 계곡물이 눈앞이다.

하단전의 기운을 팔과 다리로 보내며 준비를 했다.

푸확!

물이 아니라 마치 딱딱한 바닥에 엉덩방아를 찧는 것 같았다.

다행히 물을 깊었다.

그러나 바닥까지 내려갔던 몸은 엄청난 물살의 힘에 자연스럽게 떠내려간다.

'크윽!'

바닥의 돌을 잡으며 버티려 했지만 쉽지 않았다. 오히려 바닥의 돌이 일어나며 빠른 물살에 얼굴을 친다.

그래도 계속해서 바닥의 돌을 잡으며 옆으로 이동해 벽을 잡고 밖으로 나왔다.

"워터 볼! 워터 볼!"

밖으로 나오자마자 위에서 떨어져 내리는 살틴이 보였기에 그를 향해 마법을 펼쳤다.

공격용이 아닌 낙하 속도를 줄이기 위한 마법이었다. 얼마나 도움이 될지는 알 수 없었지만 조금이라도 도움이 되길 바라는 마음에서 펼친 것이다.

"잡아!"

들리지 않을 가능성이 높았다.

그리고 한 손으로 절벽의 홈을 잡고 살틴이 떠내려가는 곳을 짐작하고 다른 손을 뻗었다.

손에 뭔가 걸리는 느낌에 잡아당겼다. 다행히 등에 매고 있던 자루가 걸린 것이다.

"콜록! 씨발! 물 먹었다."

"엄살 피우지 말고 빨리 내 허리 잡아요!"

살틴의 투덜거림을 들을 새가 없었다. 리브 형이 떨어져 내리고 있었다.

"워터 볼! 워터 볼!"

"새끼야, 그거 쓰지 마. 존나 아프더라."

"…그래요?"

쓸데없는 짓이었나 보다.

풍덩!

"잡았다!"

살틴은 말하지 않았음에도 한 손으로 내 허리를 잡은 채 다른 한 손으로 리브를 잡았다.

차례차례 떨어져 내렸고, 그때마다 나에게 매달린 사람들의 수는 늘어났다. 문제는 한 명씩 더 붙을 때마다 힘은 배로 들었다.

난 두 손으로 벽을 잡고 있어야 했다. 한데 살틴 역시 버티기 힘든 모양이다.

"씨… 더, 더 이상은 못 버텨."

"좀만 더 버텨봐요. 모리스랑 스펜 아저씨만 남았어요!"

"못… 버텨……."

풀리는 느낌에 난 한 손을 풀어 살틴의 허리를 감았다.

드득!

순간적으로 두 손으로 버티던 것이 한 손으로 몰리자 검지의 손톱이 벌어졌다.

그리고 다시 중지의 손톱마저 뜯겨져 나갈 것 같은 느낌이다.

'언제 떨어지는 거야?'

지극히 짧은 시간이었음에도 마치 몇 시간은 된 듯한 느낌이다.

"으아아아아아~!!"

내 간절함이 통했는지 모리스의 비명 소리가 페이드 인(Fade in)되어 가까워지며 스펜과 모리스는 거의 동시에 떨어졌다.

"두 사람을 잡자마자 떠내려갈 테니 절대 손 놓지 마세요!"

"잡았다!"

마지막에 있던 부르터가 소리쳤다. 물론 난 그가 소리치기 전에 이미 잡았음을 알 수 있었다.

아슬아슬하게 버티고 있던 중지의 손톱이 꺾이다 못해 뜯겨져 나가 버렸고 손가락은 의지완 상관없이 풀려 버렸다.

난 벽을 발로 박차며 선두에 서고자 했다.

횡으로 떠내려가다간 흩어질 가능성이 높았기에 일자형으로 떠내려 갈 생각이었다.

"나, 나 수영 못… 어푸!"

"입 닥치고 앞에 사람 잡고 버텨, 이 새끼야! 그냥 오크에게 잡아먹히도록 내버려 두는 건데……."

스펜이 어지간히 화가 났나 보다.

이유야 뻔했기에 내버려 뒀다.

눈을 감았다.

그리고 마보세로 물밑과 주변을 살피며 혹시 모를 위험에 대비했다.

벽에 부딪히는 것만 조심하면 빠른 유속의 계곡물은 오히려 우리를 돕고 있었다. 유속 때문에 바닥이 매끈한 편이라 위험이 될 만한 것이 없었고, 빠르게 추적대로부터 멀어지게 만든다.

"빌어먹을! 언제까지 떠내려가는 거야?"

"아우스가 다 생각이 있겠지."

살틴의 혼잣말에 리브가 대답을 한다.

"이 자식이 생각은 무슨……. 아무래도 불안해. 폭포가 있을 것 같아."

맞는 말이다. 나라고 지금 상황에 뾰족한 수가 있는 것은 아니었다.

양옆으로는 절벽이었고 빠져나갈 곳은 없었다. 그저 하늘에 맡길 수밖에 없는 상황이었다.

'젠장! 말이 씨가 된다고……'

살틴은 그때 조금 더 때려줬어야 했다. 하여간 재수 없는 놈이 떠드니 없던 불행마저 찾아왔다.

"모두 조심해요! 앞에 바위가 있어요!"

사실 의미 없는 경고였다.

계곡이 좁아지며 유속이 빨라졌고, 계곡물 가운데 큰 바위가 물에 깎여 여러 개의 칼처럼 꽂아 놓은 형상으로 버티고 있었다. 이대로 가다간 여러 조각으로 잘릴 가능성이 높았다.

물론 세월이 조금 더 지나면 깎여 사라질 바위였지만 그 세월이 지날 때까지 기다릴 여유가 없었다.

"디그! 디그!"

난 칼바위의 밑에 세월 대신 마법을 더했다.

"디그! 디그!"

"조심하라며, 넌 지금 기도하냐?"

"시끄러워요! 디그! 디그!"

낮게 중얼거렸더니 기도라도 하는 줄 아는 살틴이다. 계속된 디그에 순식간에 서클에 있던 마나가 바닥까지 내려간다.

몇 번만 더 하면 무사히 지나갈 정도가 될 텐데 결국 서클이 텅 비어 버린다.

'차올라! 차오르라고!'

비었을 때 반쯤 차오르는 마나를 기다렸지만 물살은 우리를 빠르게 칼바위가 있는 쪽으로 다가가게 만들었다.

위험은 그뿐만이 아니었다.

칼바위에서 조금 떨어진 곳에 시커먼 동공이 아가리를 벌리고 우리를 기다리고 있었다.

불행 중 다행이라면 그 옆으로 빠져나갈 곳이 있다는 것이다.

칼바위까지 10미터.

마침내 마나가 차올랐다.

일행에게 경고를 할 여유가 없었다. 미리 꺼내고 있었던 나무패를 합치며 합성 마법을 사용했다.

푸확!

물속이었지만 폭발하는 힘에 아슬아슬하던 칼바위들은 부서졌고, 남은 힘은 물 밖으로 솟구치며 큰 물줄기를 만들어 우리 일행을 덮쳤다.

"익! 뭐, 뭐야!"

"으~ 갑자기 웬 물벼락?"

"오른쪽으로 빠져나가야 해요! 오른쪽으로!"

웅성거리는 소리를 무시하고 외쳤다. 그리고 팔을 휘저으며 방향을 바꾸려 했다.

하지만 짧은 다리는 바닥에 닿지 않았고, 뒤에 달린 인원이 너무 많았다.

"으아! 폭포다!"

내 등 뒤에 있던 살틴은 검은 동공을 보고 폭포라고 소리쳤고, 그제야 사람들은 발악하며 오른쪽 움직이려 했다.

하지만 그게 오히려 더 멀어지게 한다.

"모두 숨 멈추고 힘 빼고 가만히 있어요!"

"무슨 헛소리를… 끄럭!"

숨을 멈추고 힘을 주자 몸이 자연스럽게 가라앉았다. 바닥까지 내려간 난 하단전의 힘을 팔과 다리로 보내 바닥의 돌을 잡으며 기었다.

차츰 앞으로 나갈 수 있는 건 좋았다.

그러나 뒤에 있던 사람들이 빠른 물살에 흘러 아까처럼 모든 힘이 나에게 집중된다.

하지만 물속이었기에 아까처럼 손톱이 빠질 정도는 아니었다.

꾸럭! 꾸럭!

냇가로 거의 왔는데 문제가 발생했다.

살틴과 리브가 숨이 부족했는지 발악하는 것이 느껴졌다.

'빌어먹을! 다 왔는데……'

떠내려가는 힘과 나아가는 힘이 일치하며 오도 가도 못하는 상태가 돼버렸다.

차라리 살틴의 손을 풀어 혼자라도 살까 하는 생각도 들었다.

하지만 곧 고개를 저었다.

혼자 살 생각이었으면 데리고 오지도 않았을 것이다.

'동공으로 떠내려가는 수밖에……'

이대로 있으면 살틴이나 리브가 죽으면서 날 놓칠 것이고 일행은 모두 동공으로 떨어질 것이다.

그럴 바에야 차라리 지금 죽지 않았을 때 떠내려가는 게 좋았다.

'나아간다!'

기적은 있었다.

그리고 그 기적은 맨 뒤에 있던 스펜이 만들어냈다. 나처럼 아래로 내려와서는 한 손으로 바닥의 바위를 잡은 것이다.

떠내려가는 힘이 약해지자 수월하게 앞으로 나아갔고, 결국 물 밖으로 빠져나올 수 있었다.

"푸하~! 하악하악!"

"쿨럭쿨럭! 헉헉헉!"

"콜록! 쿠에에엑! 허억, 허억!"

모두들 냇가로 나오자마자 바닥에 누웠다. 나 역시 꼼짝하기 싫었기에 바닥에 누워 숨을 골랐다.

옆에서 흐르는 물소리와 거친 숨소리만 한동안 계속되었고, 그렇게 누워 있다 보니 먼 하늘로 날아갔던 정신은 다시 현실로 돌아왔다.

난 자리에서 일어나 릴리즈액을 한 방울 탄 물을 차례로 먹였다. 리브는 물을 내밀자 고개를 흔들며 진저리를 친다.

"물은 보기만 해도 싫다."

"나도 그래요. 그래도 먹어야 기운을 차리고 움직이죠."

"그렇겠지? 한데 이젠 그거 먹어도 딱히 기운이 솟지는 않는 것 같아."

릴리즈액도 계속 쓰니 효과가 훨씬 덜한 것 같았다.

이러니저러니 해도 결국 모두들 한 모금씩 마셨다.

"아, 아우스……."

"왜, 몰린?"

"유, 육포가 무, 물에 젖었어. 미, 미안해."

"네가 미안할 게 뭐가 있냐?"

자루에 반쯤 들어 있던 육포는 자루가 터질 듯이 불어 있었다.

하나를 꺼내 맛을 보니 소금기가 빠지고 물을 잔뜩 먹어 마치 잘 불린 종이를 먹는 것 같았다.

"마지막 음식이 될지도 모르겠네요. 먹을 사람은 지금 먹어 둬요."

"제길! 이제 굶으면서 가야 하는 건가?"

"식량이라도 넉넉해 마음이 편했는데……."

"언제 먹을지 모르니 두둑이 먹어둬야지."

마지막이라는 말을 써서 일까, 다들 퉁퉁 붇고 흐물거리는 육포를 입에 넣으며 한마디씩 했다.

특히 몰린은 배에 넣어서 갈 생각인지 끊임없이 육포를 입으로 넣었다.

"몰린! 그만 먹어! 배 터져 죽고 싶어?"

"…아, 아욱 아우욱!"

"사냥이라도 해서 줄게. 그러니 그만 먹어."

입에 가득한 육포 때문에 웅얼거리는 소리로 말했지만 왠지 알아들을 수 있었다. 사냥을 해준다는 말에 비로소 손을 멈추는 몰린이었다.

갈 곳은 한 곳뿐이었다.

끊임없이 계곡의 물을 먹어치우는 동공 옆에 나 있는 동굴이었다.

"라이트!"

마법으로 빛을 밝혔지만 날 위한 것이 아닌 일행을 위한 것이었다. 난 눈을 감고 마보세로 동굴로 첫발을 내디뎠다.

"우와!"

"…세상에!"

일행의 함성에 눈을 떴다.

입구는 어른이 허리를 굽히고 들어가야 할 정도였지만 안은 높이가 20미터가 넘을 정도로 높았고, 너비는 10미터나 될 정도로 넓었다. 그리고 갈수록 너비가 넓어졌다.

"바닥이 미끄러우니 조심해요."

물이 화강암을 녹여 만든 석굴이라 그런지 물기가 많았고, 바닥은 미끄러웠다.

그리고 여름임에도 싸늘한 바람이 불어와 가볍게 한기마저 느껴졌다.

동굴은 길었다.

감탄이 나올 만한 광경이 계속되었지만 더 이상 감탄은 나오지 않았고, 바닥이 미끄러워 조심스럽게 걷고, 길이 아닌 길을 걷다 보니 쉽게 지쳤다.

"헥헥! 아우스, 좀 쉬자."

모리스가 지쳤는지 숨을 헐떡이며 말한다.

"안 돼. 빨리 이곳을 벗어나지 못하면 잡힐지도 몰라."

"…그, 그래."

몇몇은 지쳤기에 쉬었다가 가는 게 맞다. 자칫 잘못되면 큰 사고로 이어질 수 있었다. 하지만 걸음이 더디다 보니 마음이 조급했다.

'마법사들만 쫓는다면……'

전투 마법사들에겐 그리 힘든 길은 아니었다. 추적대가 만일 이 굴까지 추적했다면 이곳에서 거리가 좁혀질 가능성이 높았다.

왠지 모를 불안감에 쉬지 않고 걸었다. 그리고 마침내 끝을 알리는 빛이 보였다.

"빛이다!"

"나가자마자 제발 좀 쉬자."

"그, 그래. 머, 먹을 것도 찾아보고 말이야."

터덜터덜 걷던 이들이 출구를 보더니 갑자기 힘이 솟는 모양이다.

우리는 빠르게 출구를 향해 걸어간다.

그때 마보세로 생명체가 걸렸다. 한 발짝 앞으로 내디딜 때마다 수십 마리씩 늘어나더니 곧 수백, 수천 마리로 늘어났다.

"조용히 하세요!"

"왜?"

난 라이트를 없애고 조심스럽게 자리에 앉으며 속삭였다.

"박쥐 같아요. 혹시 모르니 천천히 움직여요."

"굳이 그럴 필요 있을까?"

"위험할 수도 있잖아요."

일행들은 고개를 끄덕이며 천천히 움직이기 시작했다. 출구에서 들어온 빛 덕분에 걷는 데 무리가 없었다.

물론 그냥 해를 입히지 않는 박쥐일 수도 있었다. 하지만 마보세로 볼 때 온몸이 붉게 나타나는 게 마음에 걸렸다.

또한, 이곳은 몬스터들이 많은 발칸 산맥이라는 점도 무시할 수 없었다.

"젠장!"

"또 왜?"

출구에 가까이 왔을 때 마보세에 많은 인원이 걸렸다. 스펜의 물음의 대한 대답은 뒤에서 들렸다.

"아우스!"

탐스와 간부 마법사들, 그리고 은빛 경갑 차림의 처음 보는 기사단이었다.

"제가 얘기할 동안 천천히 밖으로 나가세요."

난 낮게 속삭이며 앞으로 나섰다.

"탐스 님, 오랜만에 뵙습니다."

현 상황에 오기를 부릴 정도로 바보는 아니었다.

설령 탐스 혼자만 있다고 해도 도망칠 수 있을지 의문인데 은빛 경갑 차림의 사내 셋이 5서클이었고, 나머지 스물다섯 명이 4서클과 3서클인 상황이었다.

"죽은 줄 알았던 네게 인사를 받으니 기분이 묘하구나."

"운이 좋았습니다."

"하면 왜 나에게 말하지 않았느냐?"

"광산이 무너지기 전에 제가 한 일을 알고 있지 않습니까?"

당장 덤벼들어 죽일 것이라 생각했다.

한데 탐스와 추적대는 대화라도 하자는 듯 거리를 유지한 채 서 있었다.

'이유가 뭐지?'

눈의 깜박임을 천천히 하면서 마보세를 이용해 추적대의 마나를 살펴보지만 딱히 공격할 의사가 없어 보였다.

"진정 네가 그들을 죽였다고?"

"네. 하지만 어쩔 수 없었습니다."

"그들을 죽인 것을 탓하려는 것이 아니다. 어차피 산사태에 노예들과 함께 죽을 운명이었으니까. 마법을 배웠느냐?"

그들을 죽인 것이 문제가 되지 않는다고?

도대체 무슨 생각을 하는 거냐, 탐스?

그들의 죽음보다 내가 마법을 배웠는지가 더 중요한 듯이 묻는 그의 저의를 알 수가 없었기에 오히려 머리가 더 복잡해졌다.

좀 더 얘기를 해보기 위해 순순히 대답했다.

"네."

"3서클이고?"

"네. 한데 그게 그리 중요한 일입니까?"

"위럴이 마나를 검사했을 때 넌 평범한 사람이었다. 나와 있으며 마법을 배웠느냐?"

"아뇨. 엔트 영감과 있을 때 배웠습니다. 저 역시 그 점이 이상했는데 아무래도 특이체질인 모양이더군요."

"마나 디텍팅!"

탐스 옆에 있던 은빛 경갑의 사내는 내 말을 확인하려는 듯 마나 디텍팅을 펼쳤다. 그러자 주변의 마나들이 내 몸속으로 들어오려 했다.

하지만 뭔가에 막힌 듯 당시 튕겨져 나갔다.

"정말이었군. 전혀 보이지 않아."

마치 신기한 동물을 본 듯이 말한다.

내가 탐스와 얘기하는 동안 일행은 거의 입구까지 나간 상태였다.

그러나 추적대들 중 어느 누구도 그들에 대해 신경을 쓰는 사람은 없었다.

하긴 이들 중 한 명만 나서도 제압이 가능할 것이다.

"…마법진도 엔트에게 배웠느냐?"

"기본은 배웠습니다."

"기본을 제외하곤 네가 독학을 한 것이냐?"

"그렇습니다."

"……"

탐스는 더 이상 말이 없었다.

그저 은빛 경갑의 사내와 얼굴을 마주 본 채 조금 황당하다는 표정을 짓고 있었다.

애기가 끝났으니 남은 건 싸움뿐.

마나를 체크했다. 서클의 3분의 2가량이 차 있었다. 그리고 손을 호주머니에 넣고 나무패를 꼭 쥐었다. 나무패의 마나 저장부에 남아 있는 마나는 오크들에게 사용을 하느라 한 번 사용할 분량밖에 없었다.

'어떻게 해야 빠져나갈 수 있을까?'

사실 빠져나가는 건 불가능했다.

그저 위에 있는 박쥐가 내 생각처럼 흡혈박쥐이길 바랄 뿐이었다.

모든 준비를 마쳤다. 선공을 가하려고 주머니에서 나무패를 꺼내려는 순간 탐스가 나를 보며 다시 말을 걸었다.

"아우스."

"네, 탐스 님."

난 잔뜩 긴장한 채 그의 말에 집중했다.

"모든 걸 불문에 붙이겠다. 그리고 노예에서 풀어주겠다. 저기 뒤에 있는 네 동료들도 말이다."

"네에?"

난 내 귀가 잘못되었는지 의심을 해야 했다. 전혀 예상하지 못한 말이었기에 공격하려던 생각마저도 까맣게 잊고 반문을 했다.

"말 그대로다. 원한다면 널 자크 남작님의 마법 기사단에 속하게도 해주겠다."

"…저에게 원하는 것이 있습니까?"

나에게 바라는 것이 있지 않고서야 도저히 나올 수 없는 제안이었다.

그래서 단도직입적으로 물었다.

"같이 일을 하자는 것이다."

탐스의 말을 아무리 생각을 해봐도 이해가 되지 않았다.

다만 그가 물었던 마법과 마법진에 대해 나에게 원하는 것이 있다는 정도밖에 알 수가 없었다.

'내 마법이 왜……?'

심심해서 배웠고, 엔트 할아버지를 구할 힘이 필요했기에 노력한 것뿐이었다.

목숨을 살릴 수 있고, 엔트 할아버지만 구할 수 있다면 다 내어줄 수도 있었다.

"잠깐 저들과 얘기를 나눠도 되겠습니까?"

"길게 줄 수는 없다."

어차피 도망갈 수 없을 거라 생각하는지 탐스는 순순히 허락을 했다.

난 일행들에게로 가 탐스가 한 얘기를 했다.

"그 말을 믿으란 말이냐? 우리를 순순히 잡기 위한 사탕발

림이야."

부르터가 말도 안 된다는 소리라며 펄쩍 뛰었다.

"저들이 잡으려 했다면 저희는 이미 잡혔어요. 저기 있는 사람들 다 마법사예요."

"그래도……."

"부르터, 감정적으로 생각할 때가 아냐. 한데 아우스, 우리도 노예에서 풀어준다고 했단 말이지?"

"네, 스펜 아저씨."

"네가 생각하기엔 이유가 뭐라고 생각하니?"

"아무래도 저에게 뭔가 바라는 게 있는 것 같아요. 자세한 이유는 모르겠고요."

"음… 넌 어쩌면 좋겠냐? 난 네 결정에 따르마."

스펜은 모든 걸 내게 맡길 생각인가 보다.

"나, 나도 아우스 네 의, 의견에 따를래."

"씨발! 한 번 죽지 두 번 죽냐? 니 마음대로 해."

"그래. 여기까지 네 덕에 왔는데 네 말을 따라야지."

사실 추적대가 이토록 끈질기게 쫓을 줄을 생각을 못 했었다. 그렇다고 해도 여기까지 이들을 데려온 책임을 나에게 있었다.

다들 목숨까지 나에게 맡긴다는 얘기에 어깨가 무거워졌다.

그래서 주변을 살피다 나지막이 속삭였다.

"혹시 낌새가 이상하면 저쪽 큰 나무 있는 쪽으로 계속 뛰어요."

"어쩌려고?"

"어쩌려는 건 아니에요. 만에 하나를 준비하는 거죠. 제 말 명심해요. 멈추지 말고 계속 뛰어야 해요."

일행들에게 다시 한 번 말을 하곤 탐스에게로 향했다.

"결정을 내렸나?"

"예. 아까 하신 말씀을 지켜주시겠습니까?"

"물론이다."

"탐스 님의 말씀을 따르겠습니다."

거짓이라고 해도 지금은 믿어야 할 때다. 아니, 믿을 수밖에 없었다.

"하하하! 탐스 경과 함께 나 역시 자네와 동료들의 안전을 보장하지."

은빛 경갑의 사내가 호탕하게 웃으며 말한다. 보아하니 탐스와 수평적이면서도 다른 이해관계를 가진 자 같았다.

"감사합니다. 한데 말씀하시는 분은……."

"뮬터 공작가 실버울프단의 기사 셀레르라고 한다."

"처음 뵙겠습니다. 노예 아우스라고 합니다."

"하하하! 이젠 노예가 아니지. 이젠 뮬터 공작가의 가신이 되는 거야."

호의적인 반응이었다.

일행의 생명엔 지장이 없을 것 같아 안심하려는 순간.

"폴런의 원수! 죽어!"

아까부터 서클을 계속 돌리고 있던 마법사의 손에서 마법이 생성되며 날아왔다.

사악!

"큭!"

윈드 커터였다.

느낌과 동시에 왼쪽으로 몸을 날렸지만 너무 가까웠던 탓에 완전히 피하지 못하고 오른쪽 옆구리를 스치고 지나갔다.

"지, 지금 뭐 하는 짓이냐?"

"뭐야?"

탐스와 셀레르가 놀라서 소리치는 걸 보니 계획적인 공격은 아닌 모양이다.

하지만 이미 날 공격했던 사내의 손에는 새로운 윈드 커터가 생성되어 나를 향했다.

이런저런 생각을 할 겨를은 없었다.

이번 윈드 커터는 아슬아슬하게 목을 스치고 지나갔다. 그리고 그 마법사는 몸을 날리며 다시 마법을 날리려 했다.

"합성 마법!"

거리는 대략 파악한 후 합성 마법을 펼쳤다.

꽈아아아아앙!

굴속에서 터지는 합성 마법은 강력함은 둘째 치고 엄청난 소리에 귀가 멍멍할 정도였다.

날 공격하던 마법사는 다가오던 그대로 폭사하며 불꽃이 되어 사라졌고, 주변에 있던 다른 마법사들까지 한꺼번에 피해를 입었다.

한 번의 공격의 효과는 그게 다가 아니었다. 천장에 매달려 잠을 자던 박쥐들이 폭발음에 깨어났다.

끼이이이이익!

괴상한 고음이 귀를 찢을 듯 들려왔고, 수천 마리가 넘는 박쥐 떼가 숙면을 방해한 추적대와 나를 향해 날아왔다.

"뭐, 뭐야? 아악!"

"저, 저리… 크아악!"

"아아아악!"

"흐, 흡혈박쥐다!"

동굴은 박쥐들의 고음과 마법사들의 비명 소리로 가득 찬다.

"파이어 볼! 파이어 볼!"

두 방의 파이어 볼을 날 향해 날아오는 박쥐들에게 날렸지만 불덩이가 되어 사라지는 십여 마리뿐이었다.

"크윽!"

몸을 뒤로 구르며 공격을 피했지만 날카로운 이빨과 손톱에 몇 군데 상처가 생겼다.

"가, 가운데로 모여라! 쉴드!"

"파이어 볼! 으아아아악!"

추적대들도 흡혈박쥐를 상대하느라 정신이 없었다. 하지만 어둠 속에서 보호색을 한 박쥐를 상대하는 건 쉬운 일이 아니었다.

특히 마법을 사용하면서 라이트가 사라지자 금세 대열은 흩어지기 시작했다.

'기회다!'

순간 도망갈까, 그대로 있을까 고민을 했다.

어둠에서 내가 도망가는 걸 볼 정신이 없어 보였고, 노예에서 벗어난다고 해도 자유가 없다면 노예나 다름없다는 생각이 들었다.

결정을 했다.

하단전의 기운을 팔과 다리로 보내 박쥐들의 공격을 피하며 밖으로 몸을 날렸다.

흡혈박쥐들은 끈질기게 공격을 해왔다.

하지만 마보세로 뒤를 느끼며 좌우로 몸을 움직이며 밖으로 나왔다.

일행들은 폭발음이 났을 때 도망을 갔는지 이미 보이지 않았다.

난 그들이 향한 곳으로 빠르게 몸을 날렸다.

*　　　*　　　*

찰방찰방! 퐁당! 철벅철벅!

탐스와 추적대는 바로 우리를 쫓지 못했다.

흡혈박쥐 떼에게 전멸을 했다면 좋겠지만 희망 사항일 뿐일 것이다.

지금까진 산을 넘으며 움직였다. 그래서 이번엔 계곡에서 산을 넘지 않고 계곡물을 따라 걷고 있었다.

"스펜 아저씨, 진짜 확실해요?"

"그래! 제발 사람 말 좀 믿어라! 저 산이 뮤트 제국령의 트론벤 산이라니까."

"쳇! 믿을게요. 하여간 아니기만 해봐요."

"살틴! 맞기만 하면 넌 내 손에 죽을 줄 알아!"

굴을 통과하면서 우리는 몬스터가 우글거리는 꽤 많은 산을 지나쳤다.

그래서 방향감각을 상실한 나를 대신해 스펜이 트론벤 산을 알아보고 그곳을 향해 가고 있었다.

트론벤 산의 정상은 무척이나 독특했다. 콘 아이스크림을 숟가락으로 한 스푼 뜬 듯이 정상의 한쪽이 움푹 패 있었다.

살틴은 여전히 못미더운지 나에게 물었다.

"아우스, 넌 스펜 아저씨 말을 믿냐?"

"믿어요."

"네가 아직 용병들의 허풍을 못 들어봐서 그래. 고블린을 보고 오우거를 봤다고 하는 이들이 용병이야."

"캬악! 이 망할 자식! 죽여 버린다."

"아아! 놔요! 괜히 할 말이 없으니까. 아악!"

폭발한 스펜은 결국 살틴에게 헤드락을 걸고 머리를 주먹으로 꾹꾹 누른다.

"얌마! 내가 저 산에 대한 전설도 알고 있어."

"무슨 전설인데요?"

왠지 관심이 가는 얘기였기에 스펜에게 물었다.

"천 년 전 트론벤 영지에 엄청난 몬스터들이 쳐들어와 영지를 지키는 관문이 부서지기 직전이었대. 관문이 부서지면 영지는 완전히 망하게 되어 모든 병사와 기사들이 막으려 했지만 워낙 많은 수의 몬스터에 어쩔 수가 없었나 봐."

"그, 그래서요?"

나뿐만 아니라 몰린도 스펜의 얘기에 귀를 기울이고 있었는지 어서 얘기하라는 듯 물었다.

"그때 피트 혼 앤티시아가 나타나 두 번의 마법을 사용해서 몬스터들이 내려올 수 없는 새로운 관문을 만들었대."

"칫! 거짓말!"

살틴의 말에 스펜은 인상을 쓰긴 했지만 포기했는지 무시하고 말을 이었다.

"한 번의 마법에 마을 중앙에 엄청난 호수가 생겼고, 또 한 번의 마법에 산이 저렇게 되었다고 하더라."

"우와!"

"디그 마법이군요."

몰린은 감탄을 했고, 난 그가 사용했을 것이라 생각되는 마법을 얘기했다.

'9서클이라면 가능할까? 크~ 전설은 전설일 뿐이겠지.'

3서클—현재는 5서클—디그 마법은 고작 한 삽 정도밖에 옮기지 못한다.

한데 저렇게 산을 옮길 정도라면 9서클의 피트 혼 앤티시아라고 해도 불가능할 것이란 생각이 들었다.

"어쨌든 트론벤에 가보면 '피트의 숟가락질'이라는 호수가 있으니 한번 봐. 장관이야. 그리고 주변에 맛있는 음식점이 굉장히 많아."

"내일이면 저 산을 넘겠죠? 그때 스펜이 맛있는 집 소개해 줘요."

"아! 그런가? 물론이지, 하하하!"

명랑하고 장난스럽게 얘기하고 있지만 우리가 저 산을 넘을 수 있을 거라고 낙관하는 이는 일행 중 아무도 없었다.

나 역시 왠지 아직 끝나지 않았다는 예감이 들었다.

트론벤 산은 두 개의 봉우리로 되어 있는 산이었다. 해가 지자 우리는 냇물에서 나와 젖은 신발도 말릴 겸 휴식을 취했다.

"몰린, 배고파?"

"아, 아니, 괜찮아……."

괜찮긴, 썩은 고블린 표정을 짓고는…….

틈틈이 풀을 뜯어 먹긴 했지만 배가 고픈 건 나도 마찬가지였다.

다른 이들이야 오죽하랴. 그들은 배고픔을 잊기 위해 냇물만 마시고 있을 뿐이다.

안쓰럽긴 하지만 이제 하루만 더 참으면 되었다.

"조금만 참아요."

딱히 위로할 말이 없었다.

휴식을 취한 우리는 산을 올랐다. 구름에 가려 달빛마저 없었기에 더뎠고, 몇 번이고 미끄러져 애들의 몰골은 말이 아니었다.

그렇게 4시간을 걸어 드디어 정상에 올랐다.

"휴우~ 정상이다!"

"이제 산 하나만 더 넘으면 자유다!"

"헤헤! 곧 뮤트 제국령이니 쫓아오지 못하겠네요."

산을 오르며 흠뻑 젖은 땀을 말리며 일행은 처음으로 웃으며 얘기했다.

하늘의 달도 이런 우리를 축복하는지 구름을 걷어내고 밝게 비춘다.

분위기는 좋았다. 올라오면서 혹시나 추적대가 가까이 왔을까 계곡이 보이는 곳에서 여러 번 봤지만 보이지 않았다.

분명 우리의 흔적을 찾지 못해 헤매고 있음이 틀림없어 보였다.

"자! 가요!"

난 기분 좋게 말하고 아래로 내려갔다. 하지만 얼마가지 않아 걸음을 멈춰야 했다.

"내 이럴 줄 알았어, 젠장!"

"아~!"

"저, 절벽이잖아?"

끝이 보이지 않는 낭떠러지가 나타났다. 건너편까지는 20미터는 족히 되어 보였고, 마나가 그 중앙에서 묘하게 회오리치고 있었다.

"빌어먹을! 트론벤에서 한 가지 더 들었던 얘기를 잊고 있었다니……"

"무슨 얘긴데요?"

"이백 년 전, 대지진으로 트론벤 산과 뮤트 산맥이 나뉘어졌다는 얘기. 그래서 트론벤이 몬스터의 침입에서 완전히 자유로워졌다는 얘기를 얼핏 들었었거든."

"그 얘길 지금하면 어떻게 해요!"

"젠장! 미안하다."

살틴의 말에 바닥의 돌을 걷어차며 미안하다고 말하는 스펜.

그러나 그의 잘못은 아니었다. 나도 지도상에서 검고 길게 것을 봤었지만 그게 무얼 의미하는지 몰랐었다.

기대가 크면 실망도 크고, 상실감도 큰 법이었다. 다들 아무 말 없이 자리에 주저앉는다.

"모두 쉬세요. 자도 괜찮아요."

난 잘 때 사용하는 나무판을 꺼내 적당한 자리에 자리를 펼쳐두고 혹시라도 건널 곳이 없는지 돌아갈 곳은 없는지를 살피기로 했다.

일단 왼쪽으로 낭떠러지를 따라 걸으며 마보세로 꼼꼼히 살폈다.

'여긴 괜찮은데······.'

지진으로 산이 쪼개졌지만 돌산이라 들쭉날쭉했고 그러다 보니 거리가 30미터가 넘는 곳도 있었고, 채 15미터가 되지 않는 곳도 있었다.

특히 아래로 3미터 정도 내려가면 건너편까지 5미터 정도 되는 곳이 있어 첫 번째 후보지로 점찍어뒀다.

산의 왼쪽 끝은 반쪽이 난 산이 서서히 무너지며 내려가기 힘들게 되어 있었다.

"시간이 벌써 이렇게 됐나?"

달의 움직임을 봤을 때 벌써 두 시간은 지났다. 난 올 때완 달리 하단전의 기운을 다리로 보내 빠르게 일행이 있는 곳으로 갔다.

'응? 웬 불빛이지?'

일행이 있는 곳에서 보이는 불빛에 추적대가 쫓아온 것인 가라는 생각에 심장이 쿵쿵댔다.

그러나 조심히 접근했을 때 추적대가 아닌 일곱 명이 불 앞에 모여 열심히 고기를 먹는 모습이 보였다.

"아, 아우스 왔냐? 자고 있는데 갑자기 누군가 불쑥 들어와 칼을 휘둘렀는데 그게 사슴이더라. 그, 그래서… 여기 네 몫은 남겨뒀다. 어서 먹어."

"그냥 먹으려 했는데 너무 질겨서 말이야……."

내 표정을 보고 부르터와 스펜이 왜 불을 피웠는지에 대해 설명을 했다.

묘한 분노가 치밀어 올랐지만 불에 모여 맛있게 먹고 있는 애들을 보니 가라앉았다.

"맛있겠네요. 안 그래도 배가 고파서 뭔가 먹을 게 없나 찾아봤었는데 잘됐네요."

이미 벌어진 일로 겨우 기운을 차린 듯한 이들의 기분을 나쁘게 할 필요는 없었다.

그래서 나도 자리에 앉아 잘 익은 사슴고기를 뜯었다.

"맛있지……?"

"네. 엄청 맛있어요."

난 엄지를 내밀며 말했고, 눈치를 살피던 스펜과 부르터는 그제야 다시 먹기 시작했다.

"한데 어딜 갔다 온 거야?"

"혹시나 건널 곳이 있나 봤어요."

"그럴 곳이 있어?"

"거리가 5미터가 조금 넘는 곳이 있어요. 오른쪽도 살펴봐야 알겠지만 일단 후보지로 남겨뒀어요."

"건너갈 생각이야?"

"아니, 지온. 모두의 의견을 물을 생각이었어. 말이 나온 김에 물어볼게요. 어떻게 했으면 좋겠어요?"

난 모두의 의견을 물었고, 건널 곳을 본 후에 결정하기로 했다.

"그럼 보러 갈까요?"

"그래."

"워터 볼!"

치이이이익!

계속해서 마음에 걸렸던 불을 끄고 아까 내가 점찍은 곳을 보러 향했다.

*　　　　*　　　　*

"불입니다!"

산꼭대기에서 플라이 마법을 펼쳐 하늘 높이 올라가 있던 실버울프 기사단원이 외쳤고 밑에 있던 셀레르가 반색을 하며 물었다.

"어느 쪽이냐?"

"트론벤 산이 있는 곳입니다."

"으득! 이놈들……."

탐스는 이를 갈며 분노를 터뜨렸다.

혼적이 사라져 짐작으로 움직였는데 그들이 있는 곳과 반대로 움직인 것이다. 설마 '지옥의 틈' 쪽으로 갔을 줄은 몰랐다.

"탐스 경, 빨리 갑시다."

항상 웃던 셀러르의 얼굴도 딱딱하게 굳어 있었다.

이제 보니 서른 명 가까웠던 인원이 채 12명밖에 없었고, 실버울프 기사단도 다섯밖에 없었다.

"그러시죠. 이번엔 무조건 제압부터 하는 걸로 하겠습니다."

"물론이죠. 머리만 남겨두면 되니까 아예 손발의 근골을 잘라 버리죠."

탐스와 셀레르는 부하를 잃어 눈이 뒤집힌 상태였다.

"휴식은 놈들을 잡을 때까지 없다. 낙오하면 버리고 가겠다. 뛰어라!"

"예!"

몰골이 엉망진창이었지만 추적대들의 눈빛만은 살아 있었다.

그리고 그들은 탐스를 선두로 빠르게 트론벤 산을 향해 뛰기 시작했다.

　　　　　*　　　*　　　*

"크웅! 크웅!"

산을 헤매는 오크 한 마리를 잡아 배를 채운 오우거는 바람을 따라 날아온 냄새를 킁킁거리며 맡았다.

놈의 냄새는 아니었지만 놈과 같은 인간들이 불을 사용해 먹이를 익히는 냄새라는 걸 안 오우거의 눈빛은 사나워졌다.

숲의 지배자인 자신이 벌레만 한 놈에게 죽을 뻔했다는 사실은 온몸에 입은 상처보다 더 큰 상처로 남아 있었다.

"크아아아아아앙~!!!"

숲의 지배자로 남기 위해, 마음에 남아 있는 그 인간에 대한 두려움을 없애기 위해 산이 울릴 정도로 울부짖은 오우거는 냄새가 날아온 방향으로 움직였다.

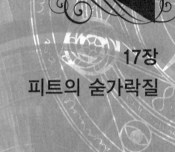

17장
피트의 숟가락질

다수결에서 소수인 몰린과 모리스의 의견은 무시됐다. 우린 계곡 건너기로 했고 작업에 들어갔다.

"몰린, 조금만 더 버텨!"

"으, 웅! 끄으웅!"

7미터 정도 되는 나무를 잘라 계곡 사이에 걸치기로 한 우리는 나무를 잘라 옮겼다.

한데 다들 키가 다르다 보니 자연스레 한쪽으로 기울었고, 무게가 가는 곳엔 몰린이 있었다.

몰린은 나무의 무게를 거의 혼자서 버티며 산을 내려갔다.

"괴물이야, 괴물!"

"살틴, 앞으로 몰린 앞에서 조심해라. 저런 주먹은 스치기만 해도 사망이다."

"쳇! 싸움은 힘으로 하는 거 아니거든요."

부르터와 스펜도 몰린의 괴력을 인정을 하는데 오로지 살 틴만 인정을 하지 않았다.

"자, 놓는다! 하나, 둘, 셋!"

스펜의 구령에 나무를 왼쪽으로 던지며 다들 한쪽으로 빠졌다.

쿠웅!

"이, 이번엔 꼬, 꼭 성공해요. 헥헥!"

"그래, 잠깐 쉬었다 걸치자."

나무를 낭떠러지 앞까지 갖다놓자 몰린은 바닥에 벌렁 눕고는 숨을 헐떡인다. 벌써 세 번째 하는 작업이었기에 당연했다.

나무를 걸치는 작업은 만만치가 않았다.

특히 3미터 아래 튀어나온 부분이 생각보다 튼튼하지 않아 허무하게 떨어뜨린 것도 있었다.

난 사람들이 숨을 돌릴 동안 나무 끝에 나무줄기를 꼬아 만든 끈을 묶었다.

나무를 천천히 걸쳐지게 만들 끈이었고, 건널 때 생명 줄이 되어줄 끈이었기에 팔에 하단전의 기운을 보내며 당겨보았다.

"됐다!"

끈은 뿌득뿌득 소리만 낼 뿐, 아주 튼튼했다.

"자, 다시 해봐요."

해가 떠오르고 있었다. 어제 피운 모닥불을 못 봤다면 다행이겠지만 봤다는 가정하에 움직여야 했다.

"버, 벌써? 아, 아직 힘이 안 돌아왔는데?"

"포션 줄 테니 해봐."

"아, 알았어."

릴리즈액을 먹은 몰린은 다시 힘을 쓰기 위해 움직였다.

일단 나무를 낭떠러지의 튀어나온 부분에 놓고 밀어서 건너편으로 보내는 것이 기본 계획이었다.

"디딜 곳이 부서지면 안 돼! 최대한 천천히!"

절벽 쪽으로 나무를 2미터 정도 밀고, 뒤에서 나무를 천천히 들었다.

앞에 있는 사람은 몰린, 나, 부르터 세 사람이 떨어지려는 나무의 힘을 버텨야 했다.

"끄, 끄응!"

큭! 신음 소리마저 더듬냐!

웃겨서 순간 나무를 놓칠 뻔했다. 하단전의 기운을 쫙 벌린 다리로 보내고, 팔로는 최대한 당기며 디딤돌이 부서지지 않게 놓았다.

투웅!

7미터가 넘는 나무가 거의 수직으로 놓였음에도 디딤돌은 무사했다.

1단계 완료. 다음 2단계는 운이 어느 정도 작용하는 단계였다.

"몰린, 밀어! 나머지는 끈 단단히 잡아요!"

몰린은 수직으로 세워진 나무를 직선 방향으로 밀고 후다닥 뒤로 와 끈을 붙잡았다.

아무리 일직선으로 밀었다 해도 여러 가지 변수가 있게 마련. 나무는 오른쪽으로 기울면서 넘어지려 한다.

"옆으로 넘어간다!"

다시 나무를 해올 생각에 다들 아연한 표정을 짓는다.

"꽉 잡아요! 워터 볼! 워터 볼!"

기울어지는 나무를 물방울들이 치며 원하는 곳으로 쓰러지기 시작했다. 그리고 50도 정도까지 넘겨졌을 때 묶어뒀던 끈이 팽팽해졌다.

주루룩! 주루룩!

"버터요! 몰린, 더 힘을 써!"

내리막에 작은 돌들이 많아 여덟 명이 힘을 쓰기도 전에 앞으로 당겨졌다.

"우, 우아악!"

고함을 지르는 몰린은 마치 작은 오우거 같았다. 소년의 팔뚝이라고는 믿어지지 않을 만큼 두꺼워지며 30도 정도까지 내려갔던 나무가 멈췄다.

"잘했어, 몰린!"

"헤헤!"

힘든 일은 다 끝났다.

방향을 보며 끈을 이용해 천천히 내렸고, 마침내 계곡과 계곡 사이에 다리가 완성됐다.

"누가 먼저 건너갈 거예요?"

"……."

양보의 미덕이 넘치는 일행들이다.

"마지막이 제일 위험해요. 끈 없이 건너야 하거든요. 그리고 언제 무너질지 몰라요."

"내가 먼저 건너지!"

"아니, 내가 먼저!"

"일단 안전한지를 테스트해야 하니 내가 먼저 건널게."

…동료를 위한 솔선수범까지 넘친다.

"스펜 아저씨가 먼저 건너세요. 말 그대로 테스트도 해야 하니까요."

사실 이제 위험할 것은 별로 없었다. 끈을 잡고 건널 것이고 혹시라도 무너지더라도 끈만 잡고 있으면 살 수 있었다.

"큭! 위, 위험했다."

용병 생활을 했다는 것이 거짓말이 아닌 듯 줄을 잡은 스펜은 아래로 내려가 빠르게 나무 위를 걸으며 건넜다.

마지막 부분에서 나무가 꽉 고정이 안 되어 덜컹거리긴 했지만 스펜이 지나면서 몇 번 밟자 괜찮아졌다.

"바람이 거센 것 빼곤 괜찮아. 건너와!"

"다음은 리브 형이 가요."

"으, 응!"

기껏 해봐야 6미터가 넘지 않는 거리였다. 하지만 아래로 낭떠러지가 있고 목숨이 걸려 있어서인지 리브는 조심스럽게 나무를 걸었다.

"다음!"

점점 불안해지는 마음에 뒤를 몇 번이고 돌아봤다. 하지만 기우에 불과한지 일행들은 몰린만 제외하고 다 넘어갈 때까지 기척이 느껴지지 않았다.

"몰린, 내 차례야."

"아, 아우스가 머, 먼저 가."

"더 이상 늦출 수 없어, 몰린. 내가 끈 잡아줄 테니 빨리 건너."

"히잉~"

오우거가 어울리지 않는 애교를 부리는 모습에 이성이 끊길 뻔했다.

하지만 무조건 윽박지른다고 몰린이 가진 공포가 사라지는 건 아니었다.

"몰린, 스펜이 그랬지. 피트의 숟가락질이란 호수에 음식점이 많다고. 건너가면 네가 원하는 대로 먹어도 좋아."

"지, 진짜?"

"웅, 약속해."

몰린은 음식이라는 말에 끈을 꽉 잡고 낭떠러지로 갔다. 그러나 막상 3미터 아래로 내려가려니 다리가 뜻대로 움직여 주지 않나 보다. 큰 덩치가 부들부들 떠는 모습이 안쓰러워 보였다.

"아, 아, 아무래도 히, 히, 힘들 것 같아."

몰린이 먹을 것을 포기할 줄은 몰랐다. 잠시 그에게 먹을 것보다 더 소중한 것이 있을까 고민을 해본다.

"가족 보고 싶지 않아?"

"…가, 가족?"

"웅. 저기만 넘으면 넌 가족을 볼 수 있을 거야."

"보, 볼 수 있을까?"

"물론이지. 내가 마나석 많이 챙긴 거 알지?"

"그, 그랬어?"

"그 돈이면 충분히 모시고 올 수 있을 거야. 그러니 어서 가."

"아, 알았어!"

가족이라는 말은 확실히 효과가 있었다. 부들거리면서도 끈을 잡고 내려간 몰린은 통나무를 꼭 쥐고 천천히 건너기 시작했다.

한데 반쯤 건넜을 때 마보세에 열두 명의 사람이 다가오는 게 느껴졌다.

"몰린! 빨리! 놈들이 나타났어."

"허어엉! 아, 아우스. 파, 팔에 힘이 들어가지 않아."

몰린은 울고 있었다. 하지만 지금은 사정을 봐줄 시간이 없었다.

"닥쳐! 죽더라도 건너! 젠장!"

이미 나를 발견했다. 그리고 그들의 중단전은 빨갛게 일렁이고 있었다.

쾅! 쾅! 쾅! 쾅!

파이어 볼이 사정없이 내가 있던 곳을 때렸다. 화염계 마법사들이라 그런지 파이어 볼의 위력이 상당했다. 피했음에도 폭발의 여파로 몸을 가누기 힘들었다.

"몰린! 제발……."

몰린의 우는 얼굴과 마주쳤다.

아직은 끈을 잡고 있지만 어떻게 될지 몰랐고, 난 당장에라도 나무를 제거해야 했다. 마법사 한 명만 넘어가도 저들은 전멸이었다.

"아~ 우~ 스!"

몰골이 엉망인 탐스는 상처 입은 사자처럼 으르렁거리며 파이어 볼을 던졌고, 다른 마법사들이 만든 파이어 볼 또한 날향했다.

"매직 미사일! 매직 미사일! 매직 미사일! 매직 미사일……."

피트의 야사에서 그려봤던 장면이 현실에서 펼쳐졌다.

날아오던 파이어 볼과 매직 미사일이 부딪히며 폭발을 일으켰다.

그러나 난 피트가 아니었다.

열두 명의 공격을 전부 막을 순 없었다.

콰아아아아아앙!

내가 있던 자리는 대여섯 발의 파이어 볼이 터지며 땅이 움푹 파였다.

드득! 드드드드득!

불꽃이 튀어 몸의 이곳저곳을 태우고 있었지만 그게 문제가 아니었다.

폭발에 낭떠러지의 일부가 서서히 무너지고 있었다. 그뿐만이 아니라 몰린이 나무를 잡고 건너는 모습까지 놈들이 본 것이다.

"놈들이 건너간다! 잡아!"

"모~ 올린!"

몰린은 나의 외침에 나를 다시 돌아봤다.

'미안해, 몰린.'

저 아이만은 살리고 싶었다.

한데 나머지 여섯의 목숨까지 잃을 수 있는 상황이었기에 결단을 내려야 했다.

난 끈을 놓고 호주머니에 있던 나무패를 꺼냈다. 그리고 다리가 되어준 나무를 향해 합성 마법을 펼쳤다.

내 마음을 알았는지 합성 마법이 실행되기 전 몰린은 나무에서 일어나 맞은편 절벽을 향해 몸을 날렸다.

쫘아아아아아앙! 드드드드득!

막 건너려던 마법사 한 명이 합성 마법에 휩쓸렸고, 서서히 무너지던 낭떠러지의 일부는 일순간에 천 길 낭떠러지로 사라져 버렸다.

"크윽!"

합성 마법을 펼치느라 날 향하는 마법을 피하지 못했고 매직 미사일이 허벅지 안쪽을 관통했다.

"저놈이 살아 있다! 죽여!"

날 향한 목소리가 아니었다.

몰린은 절벽에 매달린 채 낭떠러지를 기어 올라가고 있었다.

그런 그를 향해 마법사들은 마법을 준비하고 있었다.

"킥킥킥! 몰린, 끝까지 살아라! 합성 마법!"

디그 마법을 사람에게 공격용으로 사용할 수 있을까?

없다.

인체에 겨누어지면 디그 마법 자체가 사용되지 않는다고 책에 나와 있었다.

이유는 여러 가지로 설명되어 있었지만 가장 타당하다고 생각되는 건 인체에 흐르는 마나가 방해한다는 것이었다.

그래서 몰린과 그를 끌어 올리는 스펜과 부르터를 공격하려는 마법사의 뒤쪽에 합성 마법을 터뜨렸다.

콰아앙~!!!

"으아아아아악!"

"크아아~"

"아, 안 돼에에에~!"

네 명의 마법사가 화염의 폭풍에 휘말려 낭떠러지로 떨어진다.

"아우스! 네 이놈! 매직 미사일!"

퍼억!

피하려 했지만 다리 때문에 빠르게 움직이지 못했고, 탐스의 마법이 옆구리를 꿰뚫고 지나갔다.

"크윽! 킥… 킥킥!"

막 절벽을 기어 올라가 날 흘깃 보며 도망가는 몰린의 얼굴은 눈물과 먼지가 섞여 엉망진창이었는데 그 모습에 웃음이 나왔다.

으득!

"웃음이 나와?"

퍽! 퍽! 뿌드드드득!

"컥! 큭! 으아악!"

탐스의 무지막지한 주먹이 얼굴을 때렸고, 오른손을 발로 밟아 엉망으로 만들었다.

"저놈들이 무사할 것이라 생각하나? 끝까지 찾아내 모두 죽여 버리겠다!"

"…크악!"

탐스는 분이 안 풀리는지 다시 발로 얼굴을 걷어차며 발길질을 한다. 거의 곤죽이 되어 정신이 아득해질 무렵 셀레르가 막아선다.

"그만하세요. 놈들은 어쩔 생각이오?"

"잡아야죠!"

"그래야겠지만 지옥의 틈에선 플라이 마법을 쓸 수 없습니다."

"…빌어먹을!"

난 두 사람의 얘기를 듣고 웃으려 했다. 하지만 더 맞기는 싫었기에 그저 누워서 속으로만 웃었다.

"힐링!"

셀레르는 내 옆구리에 마법을 펼쳤고 바닥을 적시던 피가 서서히 멈추는 것이 느껴졌다.

포션과 다르게 옆구리를 제외하곤 다른 곳은 낫질 않았다.

"왜 그때 도망을 간 거지?"

"…나, 날 죽이려 했잖습니까."

"거짓말! 네놈은 그놈이 돌발 행동을 했다는 걸 알고 있었어! 우리가 흡혈박쥐에게 죽기를 바라고 도망친 것이겠지."

"나 역시 그곳을 빠져나왔는데… 말도 안 되는 소리입니다."

"닥쳐! 이 영악한 놈! 당장 죽여 버리겠다!"

"탐스 경! 흥분할 때가 아닙니다. 반란 주동자까지 놓친 마당에 지금 이 아이를 죽이면 어떻게 될지 생각을 해보세요."

"이익……!"

죽일 듯이 달려들던 탐스는 셀레르의 말에 땅을 거칠게 밟으며 물러났다.

둘의 대화가 어떤 것이지 정확히는 몰라도 날 죽일 생각이 없다는 건 확실히 알았다.

"언제까지 탐스 경을 말릴 수 있을지 알 수 없으니 경거망동하지 마라."

"…네."

마치 내 마음을 읽은 듯 셀레르는 경고를 했다.

대답은 했지만 모를 일이다. 이제 겨우 일곱 명 남은 마법사라면 도망갈 기회는 언제든지 있을 것 같았다.

"한데 아까 내가 펼친 마법은 어떻게 한 거지? …마법진을 이용한 건가?"

셀레르는 내 손에 쥐고 있는 나무패를 유심히 봤다. 그리고 두 개의 패를 집어 자세히 살폈다.

"대단하군. 상극의 마법인 파이어 볼과 매직 미사일을 이런 식으로 만들어 한 번에 사용한 건가? 가만… 이 중간에 있는 건 트랩을 만들 때 사용한 방법이군. 무슨 마법진이지?"

셀레르는 디그 마법을 알아보지 못했다. 활성화되었을 때 사라지는 부분을 최대가 되도록 설계한 것이라 알아보기 쉽지 않은 모양이다.

"저도 잘 몰라요. 광산이 무너졌을 때 이상한 동굴로 떨어졌는데 그때 벽에 있던 걸 보고 베낀 것뿐이에요."

"말하기 싫은 건지, 그 말이 사실인지는 직접 가보면 알겠지."

내 나무패를 챙긴 셀레르는 빙긋 웃으며 탐스가 있는 곳으로 가 얘기를 나눴다.

"다른 노예들은 어쩔 생각입니까?"

"…글쎄요? 저놈만 데려가도 될까요?"

"제가 자작님께 말씀 잘 드리죠. 그리고 돌아가자마자 뮤트 제국에 항의 서신을 보내면 혹시 송환될 수도 있을 겁니다."

"가능하겠습니까?"

"두 제국이 워낙 사이가 좋지 않으니 힘들겠죠. 하지만 희대의 살인범들이라고 하면 뮤트 제국에서 무사하지는 못할 겁니다."

"좋은 수군요. 그럼, 철수하는 걸로 하겠습니다."

"그러시죠."

"철수를 한다. 저놈을 챙겨라! 죽지만 않는다면 거칠게 다뤄도 좋다!"

"예!"

날 데리러 오는 마법사의 눈빛이 좋지 않았다.

아무래도 돌아가는 길도, 돌아가서도 편하게 살기는 힘들 모양이다.

난 자포자기하곤 눈을 감았다.

'······!!!'

그때 마보세에 걸리는 거대한 생명체.

'설마… 날 쫓아온 건가?'

"꾸아아아아아앙~!!!"

"오, 오우거다!"

추적대와 오우거는 거의 동시에 서로를 발견했다. 하지만 오우거의 울부짖음에는 얼어붙게 만드는 힘이 있었다.

위이잉~! 퍽!

맨 앞에 있던 실버울프단의 기사 한 명이 오우거가 잡고 휘두른 나무 몽둥이—그냥 뿌리까지 있는 나무였다—에 곤죽이 되어 나뒹굴었다.

"몸을 움직이며 공격한다! 파이어 볼!"

동료의 죽음은 다른 마법사들에게 반격할 기회를 줬고, 일제히 6개의 파이어 볼이 오우거를 덮쳤다.

한데 오우거는 마치 그럴 줄 알았다는 듯 살짝 비켜서며 들고 있던 나무로 마치 아이들이 볼을 치듯이 휘둘렀다.

파곽! 팍! 팍! 파악! 팍!

다섯 개의 파이어 볼은 나무에 걸려 오우거에겐 아무런 피해를 입히지 못했다. 하지만 마법사들의 공격은 그게 끝이 아니었다.

"윈드 커터!"

화염 계열의 마법사들은 같은 3서클이라고 해도 파이어 볼이 다른 마법보다 훨씬 강하다. 그렇다고 오로지 화염 계열만 사용하는 이들은 드물었다.

상황에 따라서는 위력이 약한 윈드 커터가 훨씬 효과적일 수 있기 때문이다.

탐스의 선창과 함께 일제히 윈드 커터를 날렸다.

스삭! 스삭!

"크앙? 크~ 아아앙!"

바람의 칼날은 집중하지 않으면 잘 보이지 않는다는 장점이 있었다.

오우거가 들고 있던 나무가 잘리며 윈드 커터가 오우거의 몸을 때렸다.

그러나 윈드 커터로는 오우거의 가죽을 베지 못했다. 오우거는 위협적이지 않음을 깨닫고는 근접 전투를 벌이려는 듯 달려들었다.

남의 불행이 나에게 행복일 때가 있었다.

지금이 딱 그 경우다.

이제 여섯밖에 남지 않은 추적대는 오우거에게 신경 쓰느라 나에겐 그저 한 번씩 쳐다보는 것이 다였다.

난 그들의 시선을 피해 릴리즈액을 입에 살짝 갖다 댔다.

한 방울이 아니라 꽤 많은 양이 들어갔지만 개의치 않았다.

순식간에 확 하는 느낌과 함께 상처가 나았다.

바로 일어나지 않고 상황을 살폈다.

5서클 마법사가 넷이었기에 오우거가 금방 죽을 거라고 생각했다.

하지만 착각이었다. 웬만한 공격은 오우거에게 통하지 않았다.

퍼억!

다시 4서클 마법사의 머리가 사라졌다.

오우거는 마법사들과 싸우면 싸울수록 강해지고 있었다. 그러나 전투 마법사들도 가만히 당하고만 있지 않았다.

"화염 마법으로 공격하라! 파이어 플레임!"

5서클부터는 범위 마법이 가능했다.

네 명이 펼치는 파이어 플레임은 오우거를 위협하기에 충분했다.

"크아아아앙!!!"

불 속에 갇힌 오우거는 처음으로 비명을 질렀다.

난 오우거가 지금 죽기를 바라지 않았다. 물론 저 괴물이 쉽게 죽지는 않을 거라는 생각이 들었지만 날 이 위험에서 벗어나게 해줄 놈이었다.

파이어 플레임에 마나를 집중하는 탐스와 셀레르를 노리자니 한 명밖에 처리할 수 없을 것 같았기에 5서클 마법사 두 명이 붙어 있는 곳을 노렸다.

화염 계열의 합성 마법은 뺏겼다. 그러나 전격 계열은 호주 머니에 있었다.

'합성 마법!'

라이트닝과 워터 볼이 합쳐진 채 디그 마법으로 5서클 마법사 둘의 사이로 옮겨졌다.

쩌~ 쩌적! 지지지~ 직!

"거거거거거… 꺽!"

"……!"

갑작스러운 번개 공격에 두 마법사는 별다른 행동도 하지 못하고 쓰러진다.

"아우스! 네 이놈!"

"이크! 나한테 신경 쓸 시간이 없을 텐데?"

탐스가 날린 파이어 볼을 피하며 이죽거렸다.

셀레르 혼자 공격하는 파이어 플레임은 오우거에게 그리 위협적이지 못했고, 불의 벽이 사라지자 오우거는 셀레르와 탐스를 향해 미친 듯이 돌격했다.

"네놈을 갈아 마시겠다!"

"능력이 되면 그러든가."

탐스와 셀레르는 나에게도, 오우거에게도 공격을 집중할 수 없었다.

집중하는 순간, 공격을 받을 수 있었기에 산을 휘저으며 도망 다닐 수밖에 없었다.

"파이어 볼!"

"윈드 커터!"

"매직 미사일!"

오우거의 공격을 받는 사람을 향해 도망 다니지 못하게 공격을 하고 자유로운 사람은 나를 공격하는 묘한 상황이 이어졌다.

"디그!"

"헉……! 쿠엑!"

마지막 남은 4서클 마법사가 오우거의 공격을 피하려다 바닥에서 터지는 1서클 디그 마법에 잠시 주춤했고, 그 찰나의 주춤거림이 죽음으로 이어졌다.

"……"

"……."

탐스와 셀레르는 더 이상 나를 욕하지 않았고, 그저 오우거의 눈치만을 살폈다.

나 역시 마찬가지.

우리 셋의 생각은 모두 일치했다.

제발 날 공격하지 마라.

"꾸아아아아아아앙!!!"

"망할 새끼!"

욕이 튀어나왔다. 우리를 훑어보던 오우거는 하필이면 다음

목표로 나를 잡았다.

하단전을 사용하지는 않지만 6미터 가까운 신장에서 나오는 걸음은 하단전을 사용해 빠르게 움직이는 나를 위협하기에 충분했다.

게다가 이때다 싶었는지 탐스와 셀레르는 내 빈틈을 노리고 공격을 했다.

마보세를 통해 마법을 사용할 거라는 알고 두세 수 앞서 움직이지 않는다면 진즉에 죽었을 상황이 계속된다.

"파이어 볼!"

"윈드 커터."

"크윽!"

외통수가 돼버렸다.

양옆에서는 마법이 터졌고, 뒤에는 나무가 있어 앞에서 팔을 휘두르는 오우거의 공격에 꼼짝없이 당할 위기에 처했다.

난 오우거의 팔 동작을 보고 바닥에 납작 엎드렸다.

아슬아슬하게 지나가는 주먹.

곧바로 바닥을 기어 오우거의 가랑이 사이로 빠져나왔다.

키가 작음에, 그리고 나이가 어림에 처음으로 감사했다.

'이대로는 안 돼. 이번엔 운이 좋았지만 다음도 좋으리라는 법은 없어. 하마터면 또 한 번 주먹에 맞을 뻔……!'

좋은 생각이 떠올랐다.

다시 한 번 오우거의 주먹에 맞아주기로 했다.

난 생각을 실행하기 위해 천천히 낭떠러지를 향해 움직였다.

등이 낭떠러지와 거의 맞닿았을 때 탐스와 셀레르가 양옆을 정확히 공격을 했다.

"매직 미사일!"

"파이어 볼!"

그리고 다가오는 오우거의 주먹.

'이런 오우거 X 같은 경우가……. 자진해서 저 주먹을 맞을 줄이야.'

생각과 함께 몸을 뒤로 날렸고, 두 팔과 두 다리에 하단전의 기운을 두르고 주먹을 맞았다.

"푸~ 어헉!"

팔다리가 부러지지 않았다. 하지만 온몸에 전해지는 충격에 앙다문 입이 절로 벌어지며 괴상한 신음을 토했다.

그러나 예상대로 내 몸은 기분 나쁜 골짜기를 지나 건너편으로 떨어졌다.

덜푸덕! 데굴데굴!

"크악!"

물과는 비교가 되지 않게 아팠다.

하지만 다행히도 풀숲에 떨어져 부러지거나 이상이 생긴 곳은 없었다.

겨우 일어나 건너편을 봤다.

황당한 표정의 두 사람과 한 몬스터.

그 모습에 참고 있던 웃음을 터뜨렸다.

"캬하하하하하!"

세상을 다 가진 듯한 기분이 이럴까. 내가 90년을 살면서 이토록 기뻤던 때는 처음으로 여자와 잠을 잤을 때 이후로 처음이었다.

"넌 꼭 죽이고 말 테다, 아우스!"

"탐스 경, 이제 나이도 있는데 이를 생각하셔야죠. 이가 상하면 맛있는 음식 먹기가 힘들어집니다. 푸하하하!"

"파이어 플레임!"

"앗 뜨거! 하하하하!"

아무리 기분이 좋아도 저들이 마법을 사용할 거란 생각마저 잊고 있었던 건 아니었다. 마나의 유동을 느끼자마자 옆으로 피해 버렸다.

그러나 굳이 피할 필요도 없었다. 지옥의 틈에서 나오는 불규칙한 마나의 흐름 때문인지 탐스의 마법은 제대로 넘어오지도 못했다.

"옆에 오우거와 상대하려면 마나를 아끼세요, 탐스 경!"

"이놈!!"

눈을 부라리고 죽일 듯이 쳐다봤지만 내 말을 이해했는지 마법은 사용하지 않았다.

"두 분은 오우거와 놀아야 하니 전 이만 가볼게요. 다음엔 절대 만나지 말죠. 난 발칸 제국 쪽으론 똥도 안 눌 겁니다. 푸하하하하!"

난 손을 흔들며 천천히 뒷걸음쳤다. 그리고 오우거에게도 작별 인사를 했다.

"오우거야, 네 덕에 살았다. 죽지 말고 꼭 살아라!"

두 사람을 꼭 잡아먹으라는 얘기였다.

"꾸우아아아아아아아아아~!!!"

내가 막 돌아서 뒤쪽에서 기다리고 있는 일행에게 가려는 찰나 오우거가 울부짖었다. 그리고 탐스와 셀레르를 무시하고 뒤로 물러난다.

"저, 저놈… 서, 설마……?"

오우거와 눈빛이 마주치는 순간 소름이 돋았다. 그리고 놈의 행동이 무얼 의미하는지 알 수 있었다.

놈은 계곡 사이를 뛰어서 건널 생각이었다.

"안 돼~!"

20미터가 인간에겐 10배가 넘는 거리지만 오우거에겐 4배도 되지 않는 거리. 오우거라면 가능할 거라는 생각이 퍼뜩 들었다.

넘어오는 걸 막을 방법이 없었다. 화염 계열 나무패도 마나도 거의 없는 지금 놈이 넘어오면 전멸이었다.

쿵! 쿵! 쿵! 쿠우우웅!!!

지축을 울리며 오우거가 날아올랐다.

마치 슬로비디오처럼 다가오는 놈. 날 죽이겠다는 의지가 따가울 정도로 강렬히 느껴졌다.

"파이어 볼!"

마지막 마나를 쥐어짜 마법을 날려보지만 속도를 줄이기는 불가능했다.

"으아아아아아!!!"

넋을 잃고 날아오는 오우거를 바라보는데 뒤에서 몰린이 고함을 치며 뛰어오고 있었다.

그는 죽창보다는 조금 두꺼운 나무를 든 채 두려움에 가득한 얼굴로 날아오는 오우거를 향해 달려갔다.

터억! 꽈직! 터억!

"끄앙?"

"크으윽! 아, 아우스를 죽게 할 수 없어어~!!!"

가속도가 붙어 날아오는 6미터 덩치를 막기엔 나무가 얇았나 보다.

오우거와 몰린의 힘이 부딪히는 순간 나무는 부러졌다. 몰린도 무사하지 못했다.

손바닥은 피범벅이 되었고 팔이 묘하게 뒤틀린 것이 완전히 부러진 모양이었다.

그러나 그 와중에도 그는 나무를 놓지 않고 오우거를 향해 밀었다.

기적이 일어났다.

오우거가 마치 공중에서 정지한 듯 더 이상 다가오지 못했다.

"구아아아아~"

오우거는 마지막까지 나에 대한 살기를 뿜으며 그대로 무저갱 같은 계곡으로 떨어졌고, 혼신의 힘을 다한 몰린은 들고 있던 나무를 떨어뜨리며 뒤로 쓰러졌다.

"아, 아우스… 아, 아까 미안해……."

"아냐. 오히려 건너가지 못했는데 다리를 부순 내가 미안하다, 몰린."

"나, 나만 아니었으면 네, 네가 다치지 않았을 텐데… 쿨럭!"

몰린의 상태는 엉망이었다. 오우거의 힘을 인간이 받아냈으니 당연한 결과였다.

"괜찮아. 더 이상 말하지 마."

"어, 엄마가 보, 보고 싶어."

"보게 될 거야. 내가 그렇게 꼭 만들게."

"모, 몰린!"

일행이 주변에 모였다.

그리고 몰린의 상태를 보고는 애써 고개를 돌리며 하늘을 보거나 훌쩍였다.

"다, 다들 자, 잘 지내… 다, 다음 생에도……."

"엄살 피우지 마, 몰린!"

더 이상 듣고 있을 수 없었다.

웬만한 상처쯤은 순식간에 낫게 하는 릴리즈액이 있다는 걸 잊은 모양이다.

부러진 부분이야 다시 맞추고 어느 정도 요양을 해야겠지만 일반 상처는 순식간에 나았다.

난 그의 팔과 몸에 꽂혀 있는 나뭇조각들을 빼내고 반쯤 차오른 마나를 이용해 물을 만들어 깨끗이 씻겼다.

"잠깐 참아."

"뭐, 뭐 하려… 아악! 아~ 악!"

난 사정없이 그의 뼈를 맞췄다. 그리고 끔찍한 고통에 입을 벌리고 아파하는 몰린의 입에 릴리즈액을 몇 방울 넣어줬다.

"…어? 나, 나 사는 거야?"

고통이 가라앉고 살 만한지 어색한 표정으로 물었다. 방금 설레발친 것이 무안한 모양이었다.

"바보야! 그 정도로 사람은 안 죽어. 이 포션이 없다고 해도 충분히 살 수 있는 상태였어."

"그, 그래?"

"이 새끼야! 깜짝 놀랐잖아! 왜 죽는 연기를 하고 지랄이야!"

방금 전까지 훌쩍이던 살틴이 멀쩡해진 몰린을 발로 찼다.

"분위기가 죽을 분위기였는데… 험험!"

"스, 스펜 아저씨, 너, 너무하세요. 히잉~"

방금 전 초상집 분위기완 달리 금세 분위기는 화기애애해졌다.

몰린의 팔을 움직이지 않게 고정시켜 준 후 자리에서 일어
나며 외쳤다.

"가요!"

"어, 어딜?"

"점심 먹으러!"

"…우와아아아!"

잠시 어리둥절하던 일행은 비로소 탈출이 끝났음을, 자유
의 몸이 되었음을 기뻐했다.

우리는 피트의 숟가락질이라는 호수를 향해 힘차게 발을
내디뎠다.

그런 우리를 탐스가 이글거리는 눈빛으로 쳐다보고 있었지
만 닭 쫓던 개나 다름없었다.

＊　　　　＊　　　　＊

천연 요새가 될 수 있는 곳이라 마을이 들어섰는지는 몰라
도 트론벤 산은 몬스터의 공격을 막기에 최적화된 곳이었다.

산을 넘어가자 사방이 절벽이었다. 그리고 내려갈 수 있는
길을 따라가자 10미터 너비의 길이 길게 나 있는 협곡이 나왔
다.

협곡을 따라 걷자 피트가 두 번의 마법으로 만들었다는 방

벽이 나왔다.

한눈에 보기에도 튼튼하고 높았다.

"우와~!"

휘이익!

"뒤에서 볼 때보다 정면에서 보니까 크기가 대단하구나."

일행뿐만 아니라 나도 엄청 놀랐다. 마치 큰 바위 하나를 깎아 만든 듯이 매끈한 벽이 인상적일 뿐 아니라 그곳에 새겨진 마법 방어진에 기가 질릴 정도였다.

'누가 이걸 새긴 걸까? 아니, 사람들은 이곳에 마법진이 새겨져 있다는 걸 알까?'

마법진이 마나를 빨아들이는 걸 마보세로 느끼지 않았다면 나 역시 마법진이 새겨져 있음을 알 수 없었을 것이다.

"한데 여길 어떻게 통과하지? 문이 없잖아?"

"어라? 그러네. 그럴 리가 없는데⋯⋯. 여기 성벽을 지키는 병사들이 있었어."

"쳇! 여기서 되돌아가야 하는 건 아니겠죠?"

일행의 눈은 일제히 스펜을 향했고 당황한 그는 방벽을 연인이라도 된다는 양 쓰다듬으면서 입구를 찾았다.

하지만 입구는 밑에 없었다.

난 위를 향해 스피커 마법으로 소리쳤다.

"실례합니다! 저희는 조난을 당해 트론벤 산을 넘어온 사람들입니다. 크로아 데 할트 남작님의 파수꾼인 여러분들의 도움이 필요합니다."

"…트론벤 산을 넘어왔다고?"

15미터 위에서─일행이 잠을 잘 때 사용했던 일루전 마법과 같은 방식으로 된 벽에서─병사가 나타났다.

"네. 도란스 삼국의 상인으로 마나석을 구입해 돌아가던 중 몬스터를 만나 도망치다 길을 잃었습니다. 그러다 트론벤 산을 보고 넘어온 것입니다."

난 뮤트 제국어로 말했다. 한데 일행 중 뮤트 제국어를 아는 이는 두 명, 살틴과 스펜뿐이었다.

그중 살틴은 기가 막힌다는 듯 날 보며 발칸 제국어로 낮게 말한다.

"이 새끼, 처음부터 알아봤어. 완전히 구라쟁이라니까."

"뭐, 뭐라고 하는데요?"

"돌아가고 싶지 않으면 조용히 해요!"

난 살틴과 몰린에게 으르렁거렸고, 둘은 찍소리도 못하고 입을 닫았다.

"믿을 수가 없군. 그 인원으로 트론벤을 넘었다는 소리냐?"

"어찌 저희로만 넘었겠습니까? 마법사와 많은 용병이 있었지만 저희를 구하려……."

침통한 표정으로 연기하는 것을 잊지 않았다. 애써 마음을 다잡는 듯 행동을 하며 말을 이었다.

"제가 어리기 때문에 믿지 못한다면 여기 용병 스펜 아저씨가 말을 할 겁니다."

"스펜?"

위에서 의문을 표했다. 난 스펜에게 눈치를 줬고 그는 눈치 빠르게 말을 했다.

"난 용병 스펜이오! 예전에 일 때문에 트론벤 마을에 온 적이 있었는데 높은 사람은 몰라도 병사들과는 꽤 교류가 있었소. 쿤터, 훈크, 게모린……."

"너 진짜 스펜이냐?"

"엥? 가만……."

스펜은 눈을 찡그리며 고개를 내민 병사를 확인하려 했고, 병사도 스펜을 보려는 듯 모자를 반쯤 벗고 내려다봤다.

"쿤터 아저씨!"

"헐~ 진짜 스펜이구나! 이게 몇 년 만이냐?"

"5년 만이죠."

"벌써 그렇게 됐나? 어쨌거나 만나서 반갑다. 쯧쯧! 한데 고생이 심했던 모양이네. 잠깐만 기다려. 경비대장님께 보고하고 올게."

잠깐 기다려야 했지만 스펜 덕분에 우리는 신분에 대한 확인 절차를 거치지 않고 편하게 방벽으로 오를 수 있었다.

방벽은 한 명씩 기구를 이용해 물건 올리듯이 올라가야 했다. 그리고 올라와서는 좁은 통로를 걸어야 했다.

10명이서 천 명을 막을 수 있는 구조였다.

또한 두 명이 겨우 걸을 수 있는 통로의 양옆에는 무수한 마법진이 새겨져 있었다.

"이 방벽… 대단해요!"

누가 만든 건지 묻고 싶었지만 괜스레 아는 척할 필요는 없었기에 감탄만 했다.

"천 년이나 된 거니 조심히 만져라. 조금이라도 손상되면 사형이다."

움찔!

신기한 듯 벽을 만지던 일행은 일제히 화들짝 놀라며 손을 뗀다.

"끌끌끌! 농담이다. 웬만큼 강한 충격에도 금도 안 간단다."

"하여간 쿤터 아저씨 장난기는 알아줘야 한다니까. 한데 어디로 가는 거예요?"

"경비대장님이 하실 말씀이 있으시단다."

경비대가 머무는 곳은 방벽의 뒤쪽에 있는 꽤 큰 2층 건물이었다.

경비대장은 50대의 순수한 기사─마법을 못하는─로 하늘로 치켜 올라간 역 팔자(八)의 눈썹이 인상적이었다.

"쿤터에게 사정은 들었다. 고초가 심했을 테니 긴말은 하지 않겠다. 일주일간은 이곳 마을에서 머물러야 한다."

"알겠습니다."

"그것만 지킨다면 자유롭게 생활해도 좋다. 혹 도망갈 생각이랑 하지 않는 게 좋을 것이다. 쿤터, 자네가 이들을 마을까지 데려다 주고 숙소를 정해주게."

"예! 대장님."

"배려해 주셔서 감사합니다."

꼬치꼬치 캐물을 거라 생각했는데 예상 밖으로 간단했다.

경비대장은 할 말을 다했다는 듯 다시 고개를 숙이고 업무를 계속했고, 우리는 쿤터를 따라 방벽에서 벗어나 마을로 향했다.

마을은 방벽에서 약 10분 거리에 위치해 있었다. 그리고 마을을 형성하고 있는 정중앙에는 커다란 호수가 있었는데 말로만 듣던 '피트의 숟가락질'인 것 같았다.

"멋져요!"

탈출하며 많이 의기소침해 있던 지온은 자유의 몸이 되었다는 걸 알게 된 후부터 차츰 밝아졌다.

"뭐라는 거냐?"

쿤터는 발칸 제국어를 못하는지 물었다.

"호수가 멋지대요."

"끌끌끌, 멋지지. 하지만 밤의 호수는 더 멋있단다."

"맞아! 밤에 뱃놀이를 하며 맥주를 마시면… 캬아~ 생각만 해도 행복해진다. 쿤터 아저씨, 말 나온 김에 오늘 저녁에 한잔 어때요?"

"나야 좋지!"

마을은 도시보다는 작았지만 관광지라 그런지 꽤 넓고 컸다.

오후 2시쯤이라는 그런지 많은 사람이 오가고 있어 무척이나 활기차 보였다.

"쿤터 님, 혹시 이 근처에 마법 용품점이 있습니까?"

"편하게 불러라. 한데 마법 용품점은 왜?"

"저희 일행은 몬스터에게 쫓기며 가진 돈을 모두 잃었습니다. 그래서 마나석을 팔아서 여비 마련할까 합니다."

"그래? 이쪽으로 따라와라."

쿤터가 안내한 곳은 꽤 큰 마법 용품점이었다.

"어, 쿤터 아저씨. 이 시간에 웬일이세요?"

가게 앞엔 다양한 마법 물품이 구비되어 있었고, 점원으로 보이는 청년이 쿤터에게 인사를 한다.

"보우넌은 어디 있냐?"

"사장님은 안에 계세요. 사장님~! 쿤터 아저씨 오셨어요."

"그놈이 이 시간에 무슨 일로?"

쿤터는 들어가자고 손짓했다.

40대 중반쯤 보이는 쿤터와 비슷한 연배의 보우넌은 키가 작고 뚱뚱한 체형에 코에 건 안경이 인상적인 아저씨였다.

"물건을 살 것도 아니면서 이곳에 웬일이야?"

"끌끌! 자네가 보고 싶어 왔지."

"신소리 그만하고, 무슨 일이야?"

"마나석을 팔까 하고 왔습니다."

난 마나지에서 가져온 마정석 중 가장 작은 것을 꺼내 테이블 위에 올렸다.

"이건! 어디 보자……."

보우넌은 안경을 고쳐 쓰며 마정석을 살폈다.

"이 꼬… 아이는 상인 집안의 아들이라니까 행여 사기 칠 생각은 하지 마."

"이놈이 미쳤나? 누가 사기를 친단 말이야! 내가 20년간 장사하면서 단 한 번도 사기를 친 적이 없는 사람이야!"

"웃기네. 나한테 온풍기 팔아놓고 고장 나도 교환도 안 해줬잖아."

"그건 경우가 다르지. 온풍기를 판 상단이 망한 걸 내가 어떻게 해! 자꾸 방해만 할 거면 썩 꺼져!"

참 시끄러운 양반들이다.

우정 싸움은 나중에 하고 빨리 계산이나 해줬으면 좋겠다.

몰린의 배에서 천둥처럼 들리는 '꼬르륵' 소리가 들리지도 않는 모양이다.

마정석을 다 본 보우넌은 물건을 다시 놓고 말한다.

"상인의 아들이라니까 솔직히 말하마. 이 정도의 마정석은 보통 100금에서 주인만 잘 만난다면 150금까지 받을 수 있지?"

"네."

"그리고 보통 파는 사람이 10%~15%의 마진을 가지고 말이야."

나도 상인인 적이 있었지만 마정석의 가격은 잘 몰랐다. 다만 엔트 할아버지에게 비싸다는 얘기를 들은 적이 있어 그걸 기준으로 대답했다.

그의 마진에 대한 얘기는 정확했다. 경우에 따라선 더 많은 마진을 가지기도 한다.

사실 뮤트 제국은 마나 광산이 적어 발칸 제국보다 마나석의 가격이 더 비싼 편이라고 알고 있었다. 그러나 지금 필요한 건 돈이지 마정석이 아니었기에 그의 말이 계속되길 기다렸다.

"사실 이 마을에선 마정석이 잘 팔리는 것도 아냐. 그럴 경우는 마법 물품을 가지러 오는 상인에게 팔아야 할 수도 있거든. 험! 그래서 100금에 30퍼센트를 빼고 줄 생각인데 거래를 하겠니?"

만일 내가 상인이었다면 행색과 상황을 고려해 50금이나 그 이하로 살려고 했을 것이다.

"너희가 얼마에 샀는지 알 수 없지만 대략 70~80금에 샀을 것이라 예상된다. 그러나 그것까진 고려를 해줄 수가 없구나."

내가 잠깐 생각하고 있자 설명을 덧붙였다.

"가격이 마음에 걸린다면……."

"아뇨. 그렇게 하겠습니다."

"좋다. 잠시만 기다려라."

어딘가 갔다 온 보우넌은 70개의 금화를 일일이 센 후 작은 주머니에 넣어 나에게 줬다. 난 주머니를 받아 금화 세 개를 꺼내 쿤터에게 건넸다.

"이게 뭐냐?"

"거간비예요."

"됐다. 내가 한 게 뭐가 있다고 그리 많이 받겠냐. 저 인간에게 술 한잔 얻어먹으면 된다."

3금이면 4인 가족이 한 달간 풍족하게 살 수 있는 돈이었다.

"쯧쯧! 저러니 맨날 술을 얻어먹지. 자네에게 더 부탁할 것이 있다는 얘기니까 받아둬. 그래야 그 애가 편하지. 옷을 보고 의심했는데 상인의 아들이 맞나 보네. 거간비도 알고 말이야."

"그런 거냐? 그래도 됐다! 그냥 술이나 한잔 사라."

"받으세요."

쿤터의 호주머니에 넣어주고 밖으로 나왔다. 딱히 기분 나빠하진 않았고 그에게 부탁해 옷가게를 가 옷과 신발을 구입했다.

말끔하게 옷을 갈아입은 우리는 숙소로 향했다.

"숙소는 어디로 잡을 생각이냐?"

"돈 걱정은 마시고 좋은 곳으로 소개시켜 주세요."

"음… 스펜이 반가워할 만한 사람이 운영하는 곳이 있는

데······."

"제가 반가워할 사람이요?"

"제리가 이곳에 정착해 주점 겸 여관을 하고 있거든."

"미친 오크, 제리요?"

"응. 3년 전 이곳으로 왔어."

"당장 그쪽으로 가요! 아우스, 괜찮지?"

거절할 이유가 없었다.

제리는 스펜과 같은 용병단에 있던 사람으로 은퇴해 이곳으로 왔다.

'바람이 머무는 곳'.

주변의 좋은 여관과 달리 약간은 오래된 곳이었지만 정취는 있어 보였다.

우리는 스펜을 선두로 바람이 되어 안으로 들어갔다.

18장
자유 시간

크로아 드 할트 남작은 집무실에 앉아 영지에서 올라온 서류들을 검토하고 있었다.

"페인."

"예, 남작님."

"올 여름 크론 마을에 난 홍수에 대한 처리는 이게 다인가?"

크로아는 좀 떨어진 곳에 앉아 일을 하는 집무관 페인에게 물었다. 그가 보기에 사망자에 대한 처리가 미흡하다고 느껴져서였다.

"예. 하지만 마을 촌장이 유족들에게 마을 기금에서 10금씩 위로금을 줬답니다."

"그래? 음……."

10금까지 합친다면 적절한 조치였다. 하지만 그래도 약간 부족한 것 같다는 생각에 크로아는 잠시 고민을 하다 말했다.

"자녀가 있는 자들의 학비를 지원하게."

"알겠습니다."

크로아는 크론 마을에 대한 서류를 한쪽으로 빼놓고 다시 집무에 열중했다.

뮤트 제국은 빠르게 변화하고 있었다.

평민들과 황제의 힘은 강해지고 귀족들은 서서히 힘을 잃어가고 있었다.

벌써 귀족의 직위를 잃은 자들도 여럿 나왔다.

하지만 그러한 변화에 가장 충격이 적은 영지가 할트 백작령이었다.

황제파이기도 했지만 오래전부터 노예를 거의 없애고 평민들을 위한 정책을 해왔던 덕에 변화하는 세상에 쉽게 적응을 할 수 있었기 때문이다.

띠링!

서류 옆에 있던 수정구가 청아한 소리를 내며 빛을 발한다.

서류를 놓고 크로아는 수정구에 마나를 주입했다. 그러자 트론벤 마을에서 '피트의 방벽'을 지키고 있는 경비대장의 얼굴이 나타났다.

"오! 칸스론 경. 오랜만에 뵙는군요."

─크로아 남작님도 잘 지내셨습니까?

크로아는 어린 시절 칸스론에게 검술과 하단전 마나 호흡법을 배웠기에 그에 대한 존경심을 가지고 있었다.

"하하하! 저야 칸스론 경이 전해준 호흡법을 매일 수련하고 있어 건강합니다."

─그러십니까? 언제 한번 검을 겨누어봐야겠군요.

"이런! 그것만은 사양하고 싶군요."

크로아는 손을 저으며 너스레를 떨었다. 마법이라면 모를까 검술로는 도저히 칸스론을 상대할 자신이 없기 때문이기도 했다.

"한데 이 시간에 어쩐 일이십니까?"

─보고드려야 할 일이 있어 연락했습니다.

"보고요?"

200년 전 대지진 이후 '피트의 방벽'에서 보고가 올라올 일은 전혀 없었다.

완전히 단절된 공간이 되어버린 트론벤 산엔 몬스터조차 없었기 때문이다.

─예. 오늘 길을 잃고 '지옥의 틈'을 넘어 트론벤 산으로 온 일행이 있었습니다.

"…자세히 말해주시겠어요?"

─그러니까 조금 전…….

반갑게 칸스론과 얘기하던 크로아의 얼굴은 갑자기 급격히 굳어졌다.

그의 아버지인 벤즌 백작이 그를 이곳의 남작으로 보내면서 해준 얘기가 기억에 나서였다.

아주 오래되어 벤즌 백작조차도 웃으며 전설에 불과하다고 말해줬던 얘기였다.

─…크로아 남작님? 크로아 남작님 듣고 계십니까?

"아! 예… 말씀하세요."

─그들을 어떻게 할까요? 위험은 없어 보였습니다만.

"음, 그냥 놔두세요."

─알겠습니다. 그럼 조만간 찾아뵙겠습니다.

인사를 한 칸스론은 통화를 끝내려 했다.

"잠깐만요! 혹시… 그들이 어디에 머무는 지 아시나요?"

─마을에 있는 바람이 머무는 곳이라는 여관입니다.

"알았어요. 담에 뵙죠."

─네, 그럼.

수정구에 마나를 끊은 크로아는 그의 아버지가 해준 얘기를 그때를 떠올렸다.

"내 아들 크로아야, 네가 맡게 된 지역에 트론벤 산이 있는 걸 아느냐?"

"그곳을 모르는 사람이 있겠습니까?"

"하면 지금부터 내가 하는 말을 잘 들어라, 허허허! 이 얘기를 굳이 할 필요가 있을까 싶지만 네 할아버지가 신신당부하던 말씀이었으니 해주마."

"도대체 무슨 말씀이시기에……."

"별다른 것은 아니다. 피트의 방벽이라는 곳에 외지인이 나타나면 대재앙을 준비하라는 말씀이셨다."

"네? 방벽이 만들어진지 천 년이 가까이 되지 않았습니까? 근데 그동안 방벽에 외지인이 나타난 적이 없었습니까?"

"글쎄다. 정확히는 모르지만 네 할아버지 말씀으론 없었다."

"대지진 때 그곳을 조사하러 온 각국 사람들이 있었잖습니까?"

"나 역시 할아버지께 너처럼 여쭈었었다. 한데 그들은 방벽을 나갔다 다시 돌아온 것이니 은밀히 말하자면 다르다고 하시더구나."

"이상한 얘기지만 경비대장에게 말을 해놓겠습니다."

"그래라."

"그런데 아버님. 혹 외지인이 나타나면 어떻게 하라는 얘기는 없었습니까?"

"있었다. 그냥 갈 길을 가게 내버려 두라고 하셨다."

지금 생각해도 황당한 얘기였다. 한데 황당한 얘기가 현실

로 일어났다.

"페인, 중요한 일이 있는데 자리 좀 비켜주겠나?"

"알겠습니다, 남작님."

페인이 밖으로 나가자 크로아는 수정구 돌려 벤즌 백작의 수정구로 좌표를 맞추고 마나를 넣었다.

"백작님, 크로아입니다."

─녀석 딱딱하긴……. 아버지라고 불러라. 잘 지냈느냐? 며느리와 손주들도 잘 있고?

"예, 아버님. 모두 잘 있습니다."

─다행이구나. 조만간 놀러 오너라. 손주들 얼굴이나 보자구나.

"알겠습니다."

벤즌 백작은 여느 귀족들과는 차이가 많았다. 아니, 가풍 때문인지 할트가의 가주들은 대부분이 가식이 없고, 가족애를 중요시 여겼다.

귀족 사회에서는 지극히 정상이라 평가받는 크로아에게 '고지식하다', '딱딱하다'는 말을 하는 건 아버지인 벤즌과 앞으로 할트가를 물려받을 그의 형밖에 없었다.

─한데 무슨 일이냐? 고지식한 네가 그냥 연락했을 리는 없을 테고.

어이가 없음에 잠깐 할 말을 잊었던 크로아는 용건을 말했다.

"방벽에 외부인이 나타났습니다."

─무슨 방벽? 외부인이야 수도 없이 드나드는… 피트의 방벽에 말이냐!

별일 아니라는 듯 말하던 벤즌은 이해를 했는지 깜짝 놀라며 수정구에 얼굴을 들이민다. 한데 그 모습이 참으로 우스꽝스럽다.

'정말이지, 체통이라곤 눈꼽만큼도 없으시다니까.'

─정말 외부인이란 말이냐?

"예. 칸스론 경의 말에 따르면 도란스 삼국의 상인인데 몬스터에게 쫓겨 길을 잃어 트론벤 산을 넘어서 왔답니다."

─…….

벤즌의 얼굴에는 웃음기가 싹 사라졌다.

크로아는 아버지의 그런 표정을 처음 봤기에 조심스럽게 물었다.

"심각한 일입니까?"

─그래. 너에겐 말해주지 않았지만 대재앙은 제국 전체가 위험한 일이다.

"그 말씀은……?"

─휴~ 그저 전설이길 바랐건만… 천 년이 넘는 가문이 내대에서…….

벤즌은 자세한 얘기를 해주지 않았다. 그저 한숨을 쉬며 고민하는 표정이 역력하다.

그러나 가문의 존망을 애기하는 모습에 일의 심각성을 크로아도 느끼고 있었다.

한참 고민을 하던 벤즌이 갑자기 밝아진 표정으로 소리쳤다.

―좋은 생각이 있다!

"어떤 생각입니까, 아버님! 제가 할 수 있는 일이라면 최선을 다하겠습니다."

―네 형에게 가문을 맡기고 쥴리와 함께 다른 곳으로 여행이나 다닐 생각이다. 그럼 내 대에서 망하는 게 아니니 선조들 볼 면목은 있지 않겠느냐?

"……"

쥴리는 크로아 어머니의 애칭이었다.

―농담이다, 이 녀석아. 하여간 융통성이라곤 전혀 없구나.

"…아버지."

―며칠 내로 이곳으로 오너라. 허황된 전설이 말하는 것이 진실로 일어날지는 미지수이지만 모두가 힘을 합쳐야 하니 너에게도 모든 것을 얘기해 주마.

"예. 한데 외부인들은 어떻게 할까요? 그리 심각한 문제라면 그들이 대재앙의 씨앗일 수도 있잖습니까? 그렇다면……"

크로아는 죽이자는 말은 삼켰다. 벤즌 백작은 죄 없는 사람을 죽이는 걸 싫어했다.

―반대일 수도 있잖느냐? 그대로 보내라고 했으니 그렇게

해야지.

"그렇군요. 그 생각은 못 했습니다."

—하지만 그냥 보내라고만 했지 다른 얘기는 없었으니······.

"감시를 붙일 생각입니까?"

—생각 중이다. 그럼 며칠 내로 보자꾸나.

"예, 아버님."

통화가 끝이 났다.

크로아는 통화 내용을 몇 번이고 곱씹어본다. 하지만 한정된 정보밖에 없는 지금은 어떤 생각도 그저 허황될 수밖에 없었다.

"페인!"

"예, 남작님!"

"내일 가족 모두 백작님께 갈 테니 준비하라고 하게."

"준비해 두겠습니다."

쇠뿔도 당긴 김에 빼라고 했다고 크로아는 기다리는 성격이 아니었다.

*   *   *

8시쯤 저녁을 먹고 잠을 잤다. 정말이지 아무 생각없이 오로지 잠에 집중했다.

일어나자 3서클에 마나도 꽉 차 있었고 온몸의 기운이 넘쳐

났다.

"아, 아우스, 잘 잤어?"

"배고파서 깼냐?"

주점으로 내려오자 멀쩡한 오른손으로 열심히 뭔가를 먹고 있는 몰린. 어제 배가 터지도록 먹고도 부족했는지 벌써 여러 개의 접시가 옆에 쌓여 있었다.

"으, 응. 그, 그동안 너무 굶었잖아."

오우거와 싸우고 나더니 농담도 살벌하게 한다.

"아우스, 깼니? 아침 줄까?"

바람이 머무는 곳의 안주인인 셰린이 주방에서 인사를 한다.

"이 녀석이 먹는 걸로 주세요."

"아, 아줌마, 저, 저도 한 그릇 더 주세요."

"아줌마가 아니라 셰린이라고 부르라니까!"

"네, 네. 셰린."

이곳의 주인이자 스펜의 동료였던 제리는 장사완 거리가 멀었다.

그에 반해 셰린은 어제 방값을 계산하며 한 번 말한 내 이름을 기억하고 있을 정도로 싹싹했다.

또한 발칸 제국어를 알고 있어 얘들이 머물기엔 딱이었다.

"참, 어제 술값이랑 음식값은 얼마예요?"

"그건 쿤터 씨가 계산하고 갔어."

쿤터는 거간비를 받은 게 어지간히 마음에 걸렸던 모양이다.

"고마워요, 셰린."

"맛있게 먹으렴."

몰린이 먹던 건 호수에서 잡은 물고기로 만든 요리였다. 싹싹함만큼 음식이 맛있지는 않았지만 딱딱한 빵과 풀죽 같은 스프에 비하면 신들이 먹는 만찬이나 다름없었다.

"배가 고파서 못 자겠어요."

"의리 없는 새끼들, 지들만 처먹고 있냐?"

모리스와 살틴이 머리를 벅벅 긁으며 내려왔다. 그리고 곧이어 리브가 내려왔다. 어제 술이 떡이 되도록 마신 스펜과 부르터를 제외하고 청소 팀 전원이 식탁에 모였다.

다들 아무 말 없이 식사에 집중했다.

"이거 한 잔씩들 해. 아침에 젖소에서 막 짠 거야."

셰린은 인심 좋게 막 짠 우유를 한 잔씩 건넸다.

"잘 먹을게요."

"호호호! 그래."

아이들은 투박한 나무 잔에 든 우유를 여유롭게 마셨다.

마치 자유를 만끽하듯이.

"나 할 말 있어."

"뭔데?"

지온은 우유 잔을 두 손으로 부여잡고는 심각한 표정으로 말을 꺼냈다.

몇 번을 망설이는 것이 뭔가 중요한 얘기인가 보다.

"사실 나 말이야……."

"뜸 들이지 말고 빨리 말해, 새끼야!"

"그, 그게……."

살틴의 말에 지온은 기가 죽어 말을 제대로 못 했다.

아무래도 조만간 살틴과 조용한 시간을 보내야 할 모양이
다.

자유를 얻은 주둥아리가 거칠 것이 없었다.

"쳇! 새끼야는 취소다."

눈치는 기가 막혔다. 그저 쳐다봤을 뿐인데 내 의도를 알아
차린 듯 사과를 했다.

"말해, 지온."

"응. 솔직히 나… 올해 열여섯이야!"

"……."

"광산에 있을 때 한 살이라도 어린 게 도움이 될 것 같아서
일부러 줄인 거야."

난 또 뭐라고.

심각하게 얘기하기에 중요한 말인 줄 알았더니 별것 아니었
다.

그렇게 따지면 난 지금 90세가 넘는 할아버지다.

"그래서 이제부터 나한테 말을 까겠다고?"

"그, 그건 아니고……."

"그럼, 그냥 앞으로 열다섯으로 살아. 오래 살다 보니 별 거지 같은 얘기를 다 들어본다. 그럼 그런 걸로 알고 있을게. 난 자러 간다."

살틴이 확실히 선을 그었다.

"지온, 그러면 안 돼요. 그럼 지금까지 친구처럼 대하던 우리가 곤란하잖아."

모리스도 한마디를 던졌고, 리브는 안쓰럽게 생각되는지 어깨를 토닥거리며 침실로 향했다.

지온은 불쌍한 표정을 지으며 한 살이 많음을 인정받기 위해 몰린에게 말했다.

"넌 내 말 믿지, 몰린?"

"으, 응. 미, 믿어. 한데 지온, 나, 나도 솔직히 열여섯이야."

"……."

몰린도 지온을 인정하지 않았다.

농담처럼 얘기했지만 왠지 몰린의 말이 진실처럼 느껴지는 건 왜 그럴까?

몰린은 어쩌면 곰이 아닌 여우였는지 모른다.

지온은 썩은 오크 고기를 먹은 사람처럼 얼굴이 구겨진 채 고개를 푹 수그렸다. 그 모습이 마음에 걸려 난 한마디 해줬다.

"형 해. 대신 이름을 형으로 바꿔."

"……."

얼어붙는 지온.

나 역시 족보가 꼬이는 건 딱 질색이었다.

잠이 부족한지 모두 침대로 갔다. 난 더 이상 잠이 오지 않아 밖으로 나왔다.

해가 뜬 지 꽤 됐기에 상가들은 문은 열려 있었고, 많은 사람이 거리를 오가고 있었다.

한데 지나가는 사람마다 힐끔거리는 것이 아무래도 복장 때문인 것 같다.

여름임에도 목과 팔을 거의 덮은 상의와 신발이 보이지 않을 정도의 바지를 입고 있으니 어쩌면 당연했다.

점(?)을 감추려다 보니 어쩔 수가 없었기에 난 시선을 무시를 하고 이곳저곳을 돌아다녔다.

세상은 정말 많이 바뀌어 있었다.

제리오, 남작 아들, 공장 일꾼을 할 땐 거의 밖을 구경할 일이 없었는데 그 기간만 30년이었다.

그러니 지금의 세상은 너무나도 신기했다.

귀족으로 보이는 남자가 지나가도 평민들은 몸가짐만 조심할 뿐 딱히 인사를 하지 않았고, 무엇보다도 아이들의 얼굴에 근심보다는 웃음이 가득하다는 게 마음에 들었다.

땅! 땅! 땅!

규칙적으로 들리는 망치 소리가 발을 잡는다.

조든 할아버지가 하던 대장간보다 몇 배는 큰 곳이었지만 과거의 향수를 불러일으키기엔 충분했다.

"무슨 일이냐? 한데 뉘 집 애더라……?"

40대 중반으로 보이는 우락부락한 남자는 내 얼굴을 보며 고개를 갸웃거린다. 심부름 온 아이라고 생각했나 보다.

"이 마을 주민이 아닌데요."

"헛헛헛! 미안하구먼. 영락없이 동네 녀석들과 닮아서 실수했네. 혹시… 귀족은……."

"아닙니다."

"휴우~ 다행이네. 또 경을 치는 줄 알고 괜히 긴장했어. 헛헛헛!"

타지인인 걸 알고 반말 비스무리하게 하다가 귀족이 아닌 걸 알자 편하게 말을 놓는다. 그 모습이 나빠 보이지 않아 나도 빙긋 웃었다.

"그런데 여긴 무슨 일이냐?"

"혹시 원하는 물건 좀 만들 수 있을까 해서요."

"당연히 가능하지! 우리는 못 만드는 게 없다고. 안 그런가?"

"물론이죠. 이 근방에서 우리가 최고 아닙니까? 히히히히!"

"그렇지!"

망치질을 하는 사람과 찰떡궁합이다. 주거니 받거니 하면서

자화자찬이다.

"자, 이 종이에 설명해 봐."

"모양이 어떻게 생겼냐 하면 말이죠……."

난 합성 마법을 사용할 때 이용했던 나무패의 모양을 그리며 설명했다.

"…두꺼워도 되는데 가급적 가볍게 해주시면 더 좋겠어요. 물론 휘어지면 안 되고요."

"간단하네. 몇 개나 만들어줄까?"

"대략 4~5개쯤요."

"너무 적은 수는 곤란해. 어떻게든 금속판 한 판 정도 들어가야 하는데……."

옛날 대장간에 있었던 나로서는 이해하기 힘든 말이었다. 하지만 그가 보여주는 얇고 넓은 금속판—직사각형으로 문 정도의 크기였다—을 보고 나서야 이해가 되었다.

"그럼, 나오는 만큼 해주세요."

"화끈해서 좋아. 오늘 저녁에 찾으러 오면 돼."

"천천히 해주셔도 돼요. 급한 건 아니니까요. 한데 생각보다 빨리 되네요?"

"요즘은 무기 만드는 것보다 너처럼 이상한 모양으로 주문하는 사람들이 더 많아. 마법사들이 괴상망측한 모양으로 만들어 달라는 경우도 허다하거든."

"그래요?"

대장간도 시대의 흐름에 변한 모양이었다.

하긴 검을 쓰는 기사 대신 마법을 쓰는 기사가 주류인 세상이니 대장간의 변화는 당연한 일이었다.

"얼마예요?"

"음… 금속판 가격이 5금에다 공임비가 1금 정도니까, 6금이다."

"금속판 가격이 생각보다 싸네요?"

난 6금을 그에게 건넸다.

철이든, 구리든, 어떤 금속이든 비쌀 수밖에 없었다. 채광을 하고 그걸 제련하려면 인건비가 만만치 않기 때문이다.

"20년 전에 제국에 대규모 금속 공장이 생긴 이후부터는 서서히 가격이 내려가고 있어. 아마 더 떨어질 거야."

"금속 공장이 생겼다고 그게 가능해요?"

"그 금속 공장이 엄청 떼돈을 벌었어. 그러자 돈이 된다는 소문이 돌고 상인들이 뛰어든 거지. 지금은 제국에만 열 개가 넘는 금속 공장이 있어. 덕분에 우리 같은 대장장이들은 괴 형태로 금속을 받을 수 있게 됐지."

"그럼, 저 금속판도?"

"맞아. 공장에서 나온 물건을 상단이 가져다 준 거지."

묘한 느낌을 받으며 대장간을 나왔다.

그리고 세상을 살아가기 위해선—점(?) 때문에 얼마나 살지 모르지만 일행을 위해서라도—더 많은 것을 보고 배워야 한다는 걸 깨달았다.

조금 전과는 세상이 달라 보였다.

한 가지를 보면 연관된 여러 가지가 보였고 더 세밀하게 보였다.

호수에서 홀딱 벗고 놀고 있는 아이들을 보는 것만으로도 정치, 경제에 관한 수십 가지의 생각이 머리를 어지럽힐 정도로 떠올랐다.

"아, 글쎄 산 지 얼마나 됐다고 이러는 거예요?"

"셰린, 이러지 마. 장부에 보면 산 지 6개월이나 지난 거라고."

보우넌의 가게 앞이 시끄러웠다. 셰린과 보우넌이 이상하게 생긴 물건을 앞에 두고 한창 실랑이를 벌이고 있었다.

"6개월밖에 안 됐죠. 교환이 안 되면 수리라도 해줘야 할 것 아니에요."

"마법을 할 줄 안다면 해주고 싶어. 한데 그러지 못하니 상단이 올 때까지 기다려야 한다고 몇 번을 말해."

"상단은 언제 오는데요?"

"우리 마을엔 9월이나 올 거야."

"어머! 그럼 그동안 손님들은 어떻게 해요? 안 그래도 더운데……"

"셰린, 억척스러운 건 좋은데 그것도 정도껏 해야지. 여기 봐, 누군가 찬 거잖아? 이렇게 부숴놓고 이런 식으로 말하면

서운하다고."

"……."

보아하니 셰린이 냉풍기가 고장 나서 고치러 온 것 같은데 약간(?)의 억지를 부리고 있었던 모양이다.

보우넌의 마지막 말에 셰린은 입을 다물었다.

"안녕하세요, 보우넌 씨. 셰린, 무슨 일이에요?"

"벼, 별거 아냐."

"이거 냉풍기네요?"

어색한 분위기를 깨기 위해 두 사람 사이에 끼어든 난 부서진 냉풍기를 살펴봤다.

냉풍기는 큰 바가지처럼 생긴 머리 부분에 구멍이 숭숭 뚫려 있었고, 방향을 조절할 수 있게 하는 목과 무게중심을 잡아 서 있을 수 있게 둥근 바닥으로 된 형태였다.

마보세로 냉풍기를 보자 마나의 흐름이 느껴졌다. 바닥으로 마나가 들어가는 걸 보니 바닥에 마법진이 있는 모양이다.

'냉풍기라면 윈드 마법과 아이스 마법을 사용했을 텐데……'

내가 냉풍기를 만든다면 어떻게 만들까를 생각해 보니 의외로 문제점은 쉽게 발견이 되었다.

냉풍기의 아이스 마법진에 이상이 생긴 것이다.

"이거 냉기가 안 나오죠?"

"…어? 어떻게 알았어?"

"제가 마법진에 대해 좀 알거든요. 이거 제가 만져봐도 될까요?"

"아서라. 그거 괜히 만졌다가 이상이 생길 수도 있다. 마법 물품 중 완전히 타버리는 물건도 있어. 그리고 그렇게 되면 수리도 못 맡긴다."

보우넌이 내가 만진다고 하자 고개를 흔들며 말린다.

"이거 판매 가격이 얼마예요?"

"40은이지. 처음 나왔을 땐 1금이 넘었는데 워낙 많은 상단에서 만드니 가격이 많이 내려갔지."

"그럼, 여긴 복제 방지 마법진 같은 건 없어요."

"어찌 그리 확신하냐?"

"복제 방지 마법진이 들어가면 더 비싸야 하거든요."

내가 만들어서 판다고 생각하니 가격에 대한 견적이 대충 나왔다.

"만약에 고장 나면 제가 책임질 게요. 마법 물품을 분해하는 공구는 없어요?"

"정 그렇다면… 기다려 봐라."

"정말 고칠 수 있겠니?"

40은은 절대 싼 가격이 아니었다. 오늘 아침으로 먹은 식사가 70쿠퍼(1금=100은, 1은=100쿠퍼)다. 그러니 60접시를 팔아야 벌 수 있는 돈이었다.

그러니 세린이 보우넌에게 생떼를 부렸고, 내가 고친다고 하니 조심스러울 수밖에 없는 것이다.

"어차피 마법진이 이상이 있는 거라 수리비도 꽤 나올 거예요. 그럴 바에야 저한테 한번 맡겨보세요."

"에이~ 그래라. 어차피 여름 다 지나고 고치느니 그게 낫겠다."

"여기 있다."

"감사합니다."

도구를 갖다 주는 보우넌에게 인사를 하고 냉풍기를 분해하기 시작했다.

바닥에 있는 윈드 마법진에서 발생한 바람이 대나무 목을 지나 아이스 마법진을 거치며 차가운 바람을 내보내는 간단한 구조였다.

머리 뒤에 있는 나사를 빼자 목과 머리를 잇는 부분에 아이스 마법진이 새겨진 나무판이 있었다.

그런데 그 나무판에 균열이 생기며 마법진이 깨져 있었다.

"이게 깨졌네요. 이 정도 크기의 나무를 구할 수 있을까요?"

"그 정도야 얼마든지 있지."

마법 물품 상점이라 그런지 여러 종류의 나무판이 많았기에 그중 비슷한 것을 골라 마법진을 새겼다.

"마법진도 새길 줄 알아?"

"기본이죠. 한데 셰린, 시동어가 뭐예요?"

"시동어?"

"냉풍기를 켤 때 뭐라고 하냐고요?"

마나 흡입구부터 마법 실행부까지 그리고 물었다.

"바람!"

우웅! 위이이잉!

한데 셰린이 시동어를 말하자마자 냉풍기의 윈드 마법진이 작동을 했고, 난 예상되는 꺼짐의 시동어를 말했다.

"바람 오프(Off)!"

예상은 들어맞았다.

냉풍기가 꺼지자 아이스 마법진을 활성화시켰다. 그리고 저장부에 적당량의 마나까지 넣고 나서야 냉풍기를 조립했다.

"너 마법사였냐?"

"네."

"어쩐지 어린 나이에 상단을 따라다니는 것이 이상하다 생각했는데 마법사라니 이해가 되는구먼."

마법사는 그리 희귀한 존재도 아니었다. 그저 내 나이에 마법사라는 것이 약간 놀란 것 같았다.

"다 됐어요. 테스트해 보죠. 바람!"

우웅! 우웅! 위이이잉!

두 개의 마법진이 작동하며 머리 부분에서 시원한 바람이 나왔다.

셰린은 신기한 듯 바라보다 기뻐하며 말했다.

"아! 고쳐졌다! 고마워, 아우스. 근데 수리비는 얼마나 줄까⋯⋯?"

"아침에 먹은 우유값으로 대신하죠."

"정말? 그럼 내일 아침에도 줄게."

"딜(Deal)."

거래는 성립됐고 셰린은 기뻐하며 냉풍기를 들고 가게로 갔다.

그 모습에 빙긋 웃고는 발걸음을 옮기려는 찰나 보우넌이 내 어깨를 잡았다.

"험! 아우스라고 했던가? 나 좀 도와줄 수 있겠나?"

"뭐를요?"

"따라오게."

보우넌이 날 데려간 곳은 가게 뒤에 있는 창고였다. 창고 안에는 꽤 많은 마법 물품이 쌓여 있었는데 각 물품이 마나를 빨아들이며 마나가 요동치고 있었다.

"트론벤 주민들이 맡겨둔 고장 난 마법 물품이야."

"그런데요?"

"어차피 상단이 올 때 수리하는 마법사가 쫓아오긴 하는데 자네가 고쳐주게. 그럼, 수리비의 반을 주지."

"글쎄요, 딱히 내키지가 않네요."

수리할 물건이라면 수리하는 사람이 이익의 대부분을 먹는다는 건 세 살 먹은 아이도 아는 일이다.

보우넌이 소개 보조로 받는 돈은 많아야 3할 이내, 애는 내가 쓰고 반씩 나눠먹자는 건 안 될 말이다.

고쳐보고 싶다는 생각이 들었지만 관심 없다는 듯 돌아섰다.

"누가 상인 아니랄까 봐……."

"네?"

"아니네. 7할 주지. 그 이상은 절대 안 돼."

7할이라면 적정 가격이었다. 어차피 일주일간 마을만 구경하는 것보단 나아 보였다.

"좋아요! 한데 옆에 창고엔 뭐가 있어요?"

마나의 일렁거림이 옆에 창고에서도 일어나고 있었기에 호기심에 물었다.

"너무 오래돼서 못 고치거나 버리는 물건들. 혹시나 부품이라도 쓸 게 있나 싶어 모아뒀지. 왜? 저것도 고쳐보게?"

"아뇨. 그냥 창고가 있기에 물어본 것뿐이에요."

"5할만 받는다면 저 안에 있는 건 고쳐서 자네가 가져도 돼."

"딜!"

내 눈빛을 보고 보우넌은 거절하지 못할 제안을 했다. 역시나 그에게도 상인의 피가 흐르고 있었다.

*　　　*　　　*

보우넌의 창고에 있던 물건을 고치는 데 이틀이 걸렸다. 마지막 물건을 고치고 저녁을 먹기 위해 여관으로 들어갔다.

3일간 먹고 자고를 반복하던 일행이 웬일로 식탁에 앉아 빈둥대고 있었다.

할 일이 없는지 스펜은 하품을 하다 내가 들어오자 물었다.

"어디 다녀 오냐?"

"돈 좀 벌고 왔죠. 오늘은 술 안 마셔요?"

"다들 오늘은 집에서 쉰단다. 근데 뭐로 돈을 벌어?"

"그냥 마법 물품 좀 고치고 왔어요."

"대체 넌 못 하는 게 뭐냐?"

'정작 중요한 건 못 해요.'

엔트 할아버지를 구하는 것과 점(?)에 대해서는 아무것도 못 하고 있는 상황에 스펜의 말을 들으니 씁쓸한 기분이 들었다.

"다들 모였으니 식사나 하면서 얘기나 해봐요."

"무, 무슨 얘기?"

"우리들의 장래에 대한 얘기."

탈출 전까지는 탈출이 목표였다. 그리고 그때는 내가 가장 강했기에 모두를 이끌었지만 지금은 아니었다.

광산을 벗어났으니 이제부턴 각자 살길을 생각해 볼 때였다.

"스펜 아저씨나 부르터 아저씨가 어른이니 진행하세요."

"그럼, 내가 할게. 나도 한 번쯤 이런 얘기를 해야 한다고 생각했어. 식사하면서 잘 듣고 의견이 있으면 손을 들고 말해."

스펜이 나서서 얘기를 시작했다.

"일단 이 의견을 꺼낸 아우스의 의견을 듣고 싶다. 넌 생각을 해본 것 같으니까 먼저 시켜도 되겠지?"

"네. 먼저 제 얘기를 하기에 앞서 한마디 할게요. 수중에 돈 한 푼 없이 앞일을 그린다는 게 힘들 거예요. 그래서 수중에 6, 7금 정도씩 있다는 가정하에서 생각을 하기 바라요."

"마정석 판 돈을 우리에게 나눠줄 생각이야?"

"지온, 앞으로는 손들고 말해."

지온이 불쑥 묻자 스펜이 진행의 규칙을 정했다.

"네⋯⋯."

"지온이 가진 의문은 모두가 가진 의문이라고 생각해요. 아무래도 돈 한 푼 없이 뭔가를 하려면 막연할 것 같아서 나눠주려고요"

아이들은 만져본 적이 없는 큰 금액일 것이다.

질문은 없었다. 난 각자 생각하게 내버려 두고 말을 이었다.

"전 뮤트 제국의 수도로 갈 생각이에요. 거기서 마법을 본격적으로 배울 생각이에요. 물론 먹고살기 위해 일은 해야겠죠."

"무슨 일?"

부르터가 손을 들고 묻는다.

"요 며칠 생각해 둔 게 있어요. 간단히 말하면 마법 물품 수리를 해볼까 해요."

내 말에 부르터는 고개를 끄덕였고 입술을 쭉 내밀며 자신의 미래에 대해 생각한다.

"꽤나 구체적이구나. 다음은… 몰린, 말해봐라."

"저, 전 아, 아우스를 따라 갈 거예요. 아, 아우스가 가, 가족과 만나게 해준다고 약속했거든요. 그, 그리고 마, 마법도 배울래요."

"하하! 넌 그럴 줄 알았다. 다음은 지온."

"글쎄요, 아직까지 생각해 본 게 없어요."

"그래? 그럼 넌 좀 있다 해. 모리스는 어쩔 생각이냐?"

모리스도 막연하긴 마찬가지였다.

하지만 살틴은 확실하다 못해 냉철했다.

"아우스, 넌 역시 나쁜 놈이야."

"…무슨 말이에요?"

"지금 여기 있는 애들에게 7금을 주면 며칠 뒤 대부분 어느 뒷골목에 누워 있을 거야. 물론 너같이 영악한 놈이 그런 생각을 안 했을 리는 없겠지. 그렇다면 그런 점도 미리 말해줘야 하는 거 아냐?"

뒷골목에서 죽게 내버려 두진 않을 것이다. 하지만 언제까지고 내가 이들을 돌볼 수는 없었다.

또한 이제 각자의 삶에 선택을 하고 책임을 져야 할 때였다.

"딴소리 말고 넌 어떻게 할 거냐?"

"난 아우스랑 같이 수도로 갈래요. 그 다음 어떻게 할지 결정할 거예요."

헐, 이런 빈대 같은 놈!

결국 살틴은 내 옆에 붙어서 있다가 살 만하면 떠난다는 얘기였다.

"전 일단 생각하는 게 있어요. 그렇다고 당장 떠나겠다는 건 아니에요. 좀 더 준비할 시간이 필요하거든요."

역시 리브다. 그는 이미 앞일에 대해 어느 정도 생각을 하고 있었다.

"부르터, 넌 어쩔 생각이야?"

"글쎄… 기사의 종자로 어설프게 검만 휘두르던 내가 무얼 할 수 있을지 여기에 도착한 날부터 생각해 봤는데 아직 이렇다 할 결론을 못 내리고 있어."

"하긴."

"하지만 언제까지 여기서 마냥 미적거릴 수는 없는 일. 난 스펜 자네만 괜찮다면 자네에게 용병 일을 좀 배워볼까 하는데."

역시 부르터는 어른이었다.

"그래? 나 역시 다시 용병을 할 생각이었는데 잘됐군. 자네 실력이 어느 정도인지 모르겠지만 한두 명의 도적을 상대할 정도만 돼도 용병을 할 수 있을 거야."

"어설픈 도적 몇 명쯤이야 상대할 수 있네."

"그럼 충분해. 용병패가 있긴 해야 하지만 그건 도시에 가서나 발급받을 수 있으니 일단 나와 같이 움직이자고. 사실 요즘 아는 사람들을 만나서 일자리가 없나 알아보고 있었거든."

스펜은 살아온 세월이 있어서인지 마냥 술만 마시고 있었던 건 아닌 모양이었다.

"그럼 결정을 내리지 못한 사람은 지온과 모리스뿐인가? 이 둘은 어쩐다… 용병단에 들어가야 하는 입장에서 데리고 다닐 수도 없고 말이야. 아! 물론 용병단이 정해지면 말은 해볼 수는 있어."

스펜과 부르터가 용병단이 반드시 필요로 하는 사람이라면 모를까 애들을 데리고 다니는 건 어불성설이었다. 스펜은 어른 입장에서 차마 애들이 거추장스럽다는 말은 하지 못했다.

그에 내가 나섰다.

"일단 제국의 수도까진 저랑 함께 움직이는 걸로 할게요. 셋보다는 다섯이 움직이는 게 더 나을 테고 가는 동안 결정을 하겠죠."

혼자 움직이는 게 아니라면 셋이나 다섯이나 별 차이가 없었다.

"우리보단 아우스를 따라가는 게 더 안전하겠지. 너희들 생각은 어때?"

지온과 모리스는 별다른 이견이 없었다.

"좋아! 모두 갈 길을 정했으니 그런 의미에서 맥주 한잔 어떠냐?"

뭐든지 술 마시는 걸로 결부시키는 스펜이었다.

"그래요. 이왕이면 호수에 배를 띄우고 먹죠."

이왕 마실 거라면 화끈한 게 좋았다. 앞으로 언제 또 지금과 같이 편안한 시간을 보낼지 모르는 일이었다.

"좋은 생각이다. 가자! 제리, 우리 호수에서 배 타면서 술 한잔할 생각인데 너도 같이 갈래?"

"좋지! 내가 금방 준비하겠네."

준비는 금세 됐다. 안주와 맥주 통을 들고 우리는 가게 밖으로 나가 50은을 주고 넓고 평평하게 생긴 배에 올랐다.

해가 지면서 호수 주변에 있던 마나등이 켜지고, 배에 있는 마나등까지 켜지자 낮에 호수 외곽에서 보던 호수와 완전히 달랐다.

돈을 들인 보람이 있었다.

별로 마시고 싶지 않은 맥주가 절로 들어갔다. 옆에 앉은 몰린은 술은 처음이라면서 나무 잔에 담긴 맥주를 단번에 들이켰다.

"크, 크~ 아! 새, 생각보다 맛있네?"

"너한테 맛없는 게 이상한 거야."

"네, 네가 주던 약은 맛없어."

"아! 맞다. 그걸 잊고 있었네. 듬뿍 있으니까 내일부터 다시 먹도록 하자."

"시, 싫어!"

"마음대로 해. 마법사가 되는 데 얼마나 도움이 되는 건데. 그리고 그거 생각보다 비싼 거야. 안 먹으면 나야 좋지."

"그, 그래? 그, 그럼 먹을래."

하여간 순진하긴…….

"근데, 너희들 이 호수가 실제로는 호수가 아니라는 거 알아?"

숙소 주인인 제리가 물었다.

"스펜에게 이미 들었어요."

리브는 맥주잔을 만지작거리며 말했다. 술을 먹어 얼굴이 붉어진 그는 호수가 아닌 배의 바닥을 바라보고 있었다.

'무슨 걱정이 있나?'

이곳 트론벤 마을에 도착을 한 후 리브는 조금 침울해 보였다.

하지만 항상 밝을 수는 없는 법. 그저 앞날에 대해 고민을 하나 보다 하고 넘겼다.

"쳇! 벌써 떠벌렸다는 말이지. 그럼 혹시 이곳에선 지난 천 년간 빠져 죽은 사람이 없다는 것도 알아? 수영을 못해도 말이야."

"혹시 물이 허리까지밖에 안 와요?"

모리스가 관심을 보였다.

"아니~"

"그럼 소금물이라서 가라앉지 않는 건가요?"

"생각 좀 해라. 여기가 바다냐?"

"그럼 이유가 뭔데요? 다들 수영을 잘해서라는 말만 해봐요!"

"안 가르쳐 주지롱! 크헤헤헤헤!"

제리는 혼자만 아는 비밀을 가진 듯 으스대며 웃었다.

"마법 때문에 그런 거예요."

"…어!"

난 살며시 눈을 감고 호수의 비밀을 알고자 했고, 이후 마보세로 금세 알 수 있었다.

"진짜요? 진짠가 보네. 아우스, 넌 어떻게 알았냐?"

"호수의 물을 봐요. 끊임없이 위로 솟구치잖아. 호수 바닥에 마법진이 있는 거예요."

"너 다른 사람에게 들은 거지?"

제리는 분한 듯 외쳤지만 대답하지 않고 호수에 그려진 마법진을 살폈다.

바닥엔 물을 계속해서 올리는 윈드 마법과 방벽에 새겨진 것과 비슷한 큰 마법진이 그려져 있었다.

정확히 무슨 마법진인지 알 수가 없지만 마나가 모여드는 현상만 놓고 보자면 엔트 할아버지의 지하실 바닥에 그려져 있던 마법진과 유사했다.

'피트 혼 앤티시아……'

왠지 그와 뭔가가 이어져 있는 게 아닐까 하는 생각이 든다.

'풉! 천 년 전 인물이라고.'

하지만 곧 현실을 깨닫고 스스로의 생각을 비웃었다. 피트가 내가 생각하는 것처럼 대단한 인물이었다면 천 년 전에 세상은 지금처럼 바뀌었어야 했다.

"다, 달이다!"

트론벤 산에 피트가 만들어놓은 움푹 파인 원에 그와 비슷하게 생긴 초승달이 떠올랐다. 그리고 그 빛이 우리를 배를 비췄다.

"분위기 죽이는군. 자! 다들 한잔하자! 건배!"

제리는 언제 그랬냐는 듯 기분이 한껏 좋아져 술잔을 들며 외쳤다.

"건배?"

"그건 무슨 말이래요?"

"이 마을에서 내려오는 말로 들고 있는 술잔을 완전히 비우라는 말이지."

"참 특이한 말이네요."

"다른 말로는 '건강과 행운이 가득하길 바란다'는 뜻도 있지."

"조, 좋은 말이네요. 거, 건배!"

물 마시듯 맥주를 먹어치우는 몰린이 일행 중에서 가장 먼저 건배를 외쳤다. 그러나 다른 사람들이 가만히 있자 제리가 다시 말했다.

"에이~! 선창할 테니 다들 따라하라고. 아님 물에 다 빠뜨려 버릴 테니 알아서 하라고. 저 달빛처럼 빛나는 앞날을 위하여, 건배!"

"건배!"

나도 술잔을 들며 따라 외쳤다.

물에 빠지기 싫어서이기도 했지만 후자의 의미가 우리 일행에겐 필요할 것 같아서였다.

그리고 나에게도 말이다.

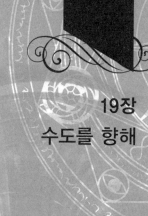

19장
수도를 향해

보우넌의 창고는 마치 보물 창고처럼 마법 물품이 많았다.

오래되어 못 쓰는 물건들이 대부분이었지만 개중에 살려서 쓸 만한 것도 꽤 있었다.

가장 좋은 점은 마법 물품의 발전을 엿볼 수 있다는 것이다.

24시간 충전을 해 1시간만 사용할 수 있던 초기 물건부터 엔트 할아버지가 만든 화염 요리기까지 박물관이 따로 없었다.

마법진을 고치고, 다시 만들어 새로운 생명을 얻은 물건들은 들고 갈수가 없었기 때문에 보우넌의 가게에서 꽤 떨어진 곳에서 가판을 열어 팔아야 했다.

"이 화염 요리기는 얼마니?"

"23은이에요."

"중고치고는 너무 비싸다. 새 것도 40은이면 사는데……."

"몰라서 하시는 말씀이세요. 깔끔하게 고쳐진 거예요. 그리고 하루 4시간은 사용할 수 있어요. 초기에 나와 귀족들이 사용하던 것이라 대부분이 금속으로 만들어져 웬만한 새 제품보다 훨씬 좋아요. 지금 이런 걸 사려면 1금은 족히 줘야 한다고요."

"그렇긴 하다만……."

"벌써 몇 분이 묻고 갔으니 언제 팔릴지 모르니 알아서 하세요."

난 더 이상의 에누리는 없다는 뜻을 밝히고 만지고 있던 마법 물품을 다시 고쳤다.

"21은으로 하자. 응?"

"에이~ 아가씨가 미인이라 특별히 22은! 그 이하로는 안 돼요."

"아가씨? 호호호! 그, 그러니? 알았다. 여기 있다, 22은."

"감사합니다!"

"많이 팔아라~"

"네~"

기분 좋게 물건을 사가지고 가는 아주머니.

할머니만 아니면 다 아가씨였다.

장사의 기본은 립 서비스라고 누가 말했던가.

대부분이 생활필수품이고 관광지라 여관이 많고 유동 인구가 많아서인지 물건들은 고치는 족족 잘 팔렸다.

남은 건 용병들이나 여행객들이 쓰던 물건으로 추정되는 정말 낡고 오래된 것들뿐이었다.

"안 팔리면 일부는 셰린에게 주고 나머진 여행할 때 써야겠다."

다 팔릴 때까지 마냥 있을 생각은 없었다.

고장 난 호롱을 고치고 있는데 누군가가 다가와 좌판 앞에 섰다.

고급스러운 가죽 구두를 신고 있는 앙증맞은 발의 주인은 구십 년 동안 보아온 여자들 중에 열 손가락 안에 드는 미녀였다.

그녀는 반팔의 날렵해 보이는 가죽 경장에 편안한 바지를 입고 있었는데 전형적인 전투 마법사의 차림이었다.

"어서 오세요."

한번 훑어보는 것으로 분위기를 파악한 나는 재빨리 시선을 아래로 떨구며 말했다.

전투 마법사도 사회적 지위가 제각각이었는데 눈앞에 여자는 분위기상 귀족일 가능성이 높다는 생각에서였다.

"여기 있는 것들 파는 거니?"

"예."

"이건 얼마니?"

그녀가 가리킨 것은 야외용 화염 요리기였다.

"15은입니다."

지금까지완 달리 일체의 미사여구도 없는 담백한 대답이었는데 평민이 귀족에게 농담을 하는 것은 목숨을 걸고 해야 하는 일이었다.

"싸구나. 근데 넌 왜 사람 얼굴도 안 보고 대답하니? 내가 그리 흉하게 생겼니?"

"그게 아니라……."

"미인이라서 그런 건 아닌 것 같고. 혹시 내가 귀족 같아서 조심하는 거니?"

무언으로 긍정을 표했다.

사실 이 트론벤 마을에 와서 시대가 바뀌고 있다는 것을 느끼고는 있었다. 그러나 이런저런 연유로 40년 가까이 외부와 격리된 생활을 한 나에겐 귀족이란 옛날과 다름없었다.

변화의 시대라고 깝죽대다가 시범 케이스로 훅 가는 수가 있으니 내가 귀족이 아닌 바에야 가급적 상대하지 않는 것이 좋았다.

게다가 지금은 이방인으로 조심할 때였다.

"세상과 격리된 곳에서 살았나 보네. 요즘은 귀족이라고 마냥 어려워할 필요 없어. 귀족의 권위를 손상시킬 정도만 아니라면 평민이라 해서 굽실거릴 이유도 없고. 무엇보다도 난 내가 생각하는 것과 같은 귀족이 아냐."

"…귀족이 아니에요?"

"뭐, 내가 귀족처럼 고귀하게 생기긴 했지."

"풉!"

재미있는 여자였다.

겉으로 보기엔 영락없이 귀족가의 영애처럼 보이는데 말투는 여염집 아낙네 같았다.

'그러고 보니 복장도 그렇고, 아무도 대동하지 않은 것도 그렇고 귀족이 아닌가 보네.'

귀족이 아니라니 더 이상 시선을 피하고 있을 이유는 없었다.

'우와! 저런 얼굴에 귀족이 아니라는 것도 마냥 좋은 일만은 아닐 텐데.'

고개를 들어 여자의 얼굴을 살펴보던 난 내 평가를 수정해야 했다. 내가 본 여자 중에 세 손가락 안에 드는 미인이었다.

"어머, 얘 좀 봐. 좀 전까지 얼굴도 못 보더니 이젠 대놓고 빤히 쳐다보네."

"헤헤! 미안해요. 워낙 미인이시라, 특별히 이 요리기는 13금에 드릴게요."

너무 빤히 봤다는 생각에 너스레를 떨었다.

"그래? 그렇다면 용서해 줄게. 근데 이 호롱도 파는 거니?"

"네. 수리 중인데 잠깐만 기다리세요."

호롱은 초창기 마법 물품으로 라이트 마법진에 꽂혀 있던 마나석이 수명을 다한 것뿐이었다.

마나석을 제거하고 조잡한 마법진을 지운 뒤 라이트 마법진을 그려 넣고 마나를 불어넣었다.

"어라? 마법사였어?"

"누나도 마법사잖아요."

"몇 서클?"

"3서클이에요."

"나이가 몇 살인데?"

"열다섯이요."

"우와! 대박! 열다섯인데 3서클에 마법진까지 알아?"

"놀랄 일인가요? 누나는 저랑 나이 차이도 별로 나지 않는데 전투 마법사잖아요."

전투 마법사는 최소 4서클은 되어야 했다.

내가 누나라고 불렀지만 그녀는 별로 개의치 않는 듯했다.

"나 생각보다 나이 많아."

"몇 살인데요?"

"숙녀 나이를 묻는 건 실례란다. 한데 마법은 누구한테 배운 거야?"

모르는 사람한테 이러쿵저러쿵 말하는 건 경계할 일이었다. 그러나 어차피 마을에 들어오면서 말했던 것들이라 회피할 이유가 없었다.

게다가 앞에 쪼그려 앉아 양손으로 턱을 받치고 묻는 모습에 무장이 반쯤 해제된 상태였다.

나이는 열다섯이지만 속은 스무 살을 아홉 번이나 겪은 혈기 왕성한 청년이었다.

"할아버지께서 가르쳐 주셨어요."

"손자를 이렇게 똑소리 나게 키운 걸 보니 대단한 분이셨나 보다."

"좋은 분이시죠."

엔트 할아버지를 생각하자 갑자기 가슴이 답답해졌다. 그래서 분위기를 바꿨다.

"자! 됐어요. 이 호롱은 하루 4시간 사용할 수 있고 엔틱한 디자인 때문에 장식품으로 놔둬도 손색이 없는 물건이죠. 마법진 가격도 안 되는 10은에 모시겠습니다."

"후후후! 장사도 잘하고, 귀엽네. 좋아! 그것도 살게. 그리고… 이거랑 이것도 주라."

얼굴도 예쁜데 큰손이었다.

겹치는 물건을 제외하곤 남아 있는 물건 대부분을 사겠다고 했다.

"어디 멀리 여행 가시나 봐요?"

그녀가 산 물건들은 모두 야외용이었다.

"응. 내가 모시고 계신 분이 제국에 가시거든."

"귀족이라면 가까운 도시로 가서 텔레포트 마법진을 이용하는 게 더 낫지 않나요?"

가격이 비싸지만 귀족이 움직일 때 쓰는 비용을 생각한다면 오히려 그편이 쌌다.

"이번엔 그냥 여행을 하고 싶은가 봐."

"귀족들이란……. 아! 누나가 모신 분을 욕되게 하려는 건 절대 아니에요."

"픕! 없는 데에선 황제를 욕해도 돼. 근데 넌 귀족에게 호되게 당한 적이라도 있어? 꽤 부정적이다?"

사실 다 기억을 하지 못할 정도로 많았다.

이번 생에서 탐스만 봐도 그렇지 않은가.

"짧은 삶이지만 긍정적으로 보게 만들어준 사람이 없네요."

"내가 모시고 있는 백작 부인은 좋은 분이셔."

"누나를 보니 알겠어요."

"엥? 내가 왜?"

"누나처럼 예쁜 사람을 곁에 뒀다는 것만으로도 대단한 거죠."

백작과 백작 부인이 어떤 사람인지 몰라도 내가 알고 귀족이라면 앞에 있는 여자를 절대 내버려 두지 않았을 것이다.

"꽤 의미심장한 말이네. 더 얘기했다간 무슨 말이 나올지 모르겠다. 아! 그러고 보니 아직까지 이름도 모르고 있었네. 이름이 뭐야?"

"아우스예요. 누나는요?"

"젠느."

"누나에게 잘 어울리는 이름이네요."

"호호호! 싫지 않은 아부네. 근데 아우스, 예쁜 누나에게 이 많은 짐을 들고 가라곤 하지 않겠지?"

"물론이죠. 제가 배달해 드릴게요."

어차피 남은 물건도 몇 개 없어 좌판을 접고 숙소로 돌아갈 생각이었다.

"백작 부인 댁은 어디에요?"

후다닥 짐을 정리한 후 물었다.

"저쪽 언덕으로 15분쯤 가면 돼. 작은 보따리는 내가 들게."

"아! 호수에서 보이는 저택 말이죠?"

"응, 거기야."

길에서 보면 나무에 가려 보이지 않지만 호수의 중간에서 보면 언덕 중간에 위치한 아름다운 저택을 볼 수 있었다.

"아름다운 곳이네요."

오솔길을 지나 저택의 정문이 보였고 그 너머로 하얀색 대리석으로 지어진 저택이 보였다.

"마을을 구해준 피터에게 주민들이 바친 저택이야. 정작 당사자는 쓰지 못했지만."

"누난 트론벤 산과 호수를 정말 피터가 했다고 생각해요?"

"당연하지. 넌 그렇게 생각하지 않아?"

"인간이 했다고 믿어지지가 않아서요."

"9서클은 인간의 영역이 아니니까. 오죽했으면 그 이후로 천년이 지났음에도 9서클이 나오지 않았잖아."

피터에 대한 얘기를 하며 대문 쪽으로 다가가자 병사들이 그녀에게 일제히 고개를 숙이며 짐을 받았다.

"고생했어. 인연이 되면 또 만나자."

"그래요, 누나. 인연이 되면 봐요. 아라 님의 축복이 함께하길 바랄게요."

"너도 아라 님의 축복이 함께하길."

누군가와 헤어질 때 형식적으로 하는 말이었지만 젠느는 기회가 된다면 다시 만나고 싶었다.

여자가 아닌 인간적으로 꽤 마음에 들었다.

젠느와 헤어진 후 '바람이 머무는 곳'으로 갔다.

일행들이 웬일로 다 모여 있었다.

"장사는 잘했냐?"

"네. 한데 웬일로 다 모여 있어요?"

"할 말이 있어서 너 오길 기다리고 있었어."

"무슨 말인데요?"

스펜과 부르터의 표정에서 무슨 말을 나올지 대충 짐작이 됐지만 자리에 앉으며 물었다.

"나랑 부르터, 일자리 구했다."

"오! 축하해요! 용병 증명서가 없어 어려울 거라고 하더니 생각보다 빨리 구했네요?"

"친하던 병사들이 보증을 서줬어."

"잘됐네요. 언제 출발이에요?"

"이틀 후에."

"이런 급하게 됐네요. 옷이랑 무기는 구했어요?"

"그거야 내일 구해도 돼. 널 기다린 이유는 다른 게 아니라 이번 용병행의 목적지가 제국 수도라서 우리가 갈 때 같이 가자는 거야."

"어? 수도행이라고요?"

두 사람이 어디에 고용되었는지 알 것 같았다.

"혹시나 싶어 고용주에게 너희들에 대해 말했더니 조용히 뒤따라오는 건 상관없대. 어때?"

추격대마저 따돌리고 광산을 탈출했는데 여행하듯이 가는 수도까지 못 갈까.

한데 용병대를 따라간다면 길을 여러모로 편할 것 같았다. 난 애들을 돌아보며 물었다.

"너희들 생각은 어때?"

"우리는 다 찬성했어. 아무래도 용병대와 같이 가면 위험한 일은 없을 거 아냐."

샬틴이 대표로 말했다.

"그럼 그렇게 하자."

난 귀찮음을 덜고 애들은 불안함을 덜 수 있는데 굳이 반대할 이유가 없었다.

"스펜, 잘 부탁해요."

"잘 생각했다. 너희들만 남겨놓기가 마음에 걸렸었는데 말이야. 그런 의미에서……."

"술 한잔하자고요?"

"하하하! 내일은 못 마시니 오늘이 이곳에서의 마지막 술이잖아."

핑계도 좋다.

"내일 떠날 준비해야 하니 취하지 않을 정도로만 마시는 걸로 해요."

한동안 못 마실 게 뻔하니 나 역시 시원한 맥주를 마시고 싶긴 했다.

*　　　*　　　*

"떠날 준비는 다 됐어요?"

"거의. 물건 준비해서 우리도 방금 들어왔거든. 자, 준비 끝내고 남은 돈."

"그 돈은 스펜 몫이니 알아서 해요."

"그러지. 참! 경비대장이 너 보고 오라더라."

"저를요?"

쿤터의 말에 따르면 특별한 일이 없으니 떠나도 좋다고 들었다.

한데 나 보고 오란다고?

의문이 들긴 했지만 갈 수밖에 없었다. 경비대로 가자 쿤터가 기다리고 있었다. 그를 따라 경비대장실로 향했다.

"내일 떠난다고?"

"예. 대장님과 마을 주민들의 호의 덕분에 충분히 쉬고 정비를 할 수 있었습니다. 다시 한 번 감사의 말씀드립니다."

"수도로 간다고 들었는데……."

"예. 일단 수도에 머물면서 상단 사람들이 오기를 기다릴 생각입니다. 그리고 텔레포트를 이용해 돌아갈 예정입니다."

"음, 국가간 텔레포트는 수도에만 있으니 그럴 수도 있겠군. 하면 수도까지는 어떻게 갈 생각인가?"

"험한 일을 당했지만 뮤트 제국을 둘러볼 수 있는 기회를 놓칠 수가 없어 육로로 천천히 움직일 생각이었는데, 마음이 넓으신 백작 부인께서 여행에 함께할 수 있게 허락해 주셨습니다."

"쿤터에게 들은 그대로군. 육로로 이동하다 보면 피치 못해 백작 부인 일행과 헤어질 수도 있을 거야. 너희들만 다니다 검문시 신분패가 없다면 그땐 타국의 첩자나 노예로 붙잡힐 수 있지."

생각을 못 했던 부분이다.

서커스단에서 생활을 할 때는 단장이 증명서 한 장으로 국가도 넘어 다녔는데 그것도 세월이 흐름에 변했나 보다.

하지만 죽으란 법은 없다.

경비대장이 이런 말을 꺼낸 것은 그 해결까지 해주겠다는 말과 다름없었다.

그래서 저자세로 나갔다.

"제가 나이가 어려 그 생각을 못 했습니다. 해결 방법이 있다면, 가르쳐 주시면 감사드리겠습니다."

"이 마을의 주인이신 크로아 드 할트 남작님께서는 너희들의 사정을 듣고 가엽게 생각하시어 특별히 우리 마을 주민으로 신분패을 발급하라 하셨네."

"크로아 드 할트 남작님께 영광이……!"

자크 남작이나 탐스 같은 놈들도 있는 반면, 크로아 남작 같은 사람이 있다는 것에 신에게 감사를 드렸다.

진정한 귀족을 보는 것 같아 만난 적이 없는 이에게 존경심마저 생겼다.

"트론벤 마을의 주민이 되었으니 욕되지 않게 행동할 거라 믿네."

"물론입니다. 제2의 고향이라 생각하겠습니다."

"여기 있네."

"다시 한 번 감사드립니다."

경비대장은 여덟 명의 신분패를 주며 어떻게 사용하는지에 대한 설명도 했다.

"각 패에 각자의 피를 묻히면 되네. 혹여 타인의 신분을 위장하면 중죄를 받게 되니 주의하도록."

"알겠습니다."

"즐거운 여행하게."

경비대장과 말을 마치고 기쁜 마음으로 숙소로 돌아갔다.

"아우스, 경비대장이 뭐 때문에 부른 거야?"

"감사하게도 트론벤 마을 주민으로 신분패를 만들어주셨어요. 피를 묻혀야 한다니까 꼭 하고요."

"오! 트론벤으로 온 건 정말이지 최고의 선택이었어."

신분패를 주자 각자 피를 묻히기 시작했다.

"출발!"

낡은 경장을 입은 중년 사내의 신호에 백작 부인 여행 원정대는 움직이기 시작했다.

다른 사람들은 평범한 중소형 용병대의 대장으로 볼지 모르겠지만 마보세로 보면 자크 남작과 같은 6서클의 전투 마법사였다.

아마도 백작가의 기사단장이리라.

원정대는 백작 부인의 마차 전후로 용병대로 변장한 기사단들이 섰고, 그 뒤로 모집한 용병대가 요리사, 시종들이 탄 마차가 호위하며 뒤따랐다.

우리는 원정대가 사용할 각종 생필품이 가득 실린 마차 뒤에 서 있었기에 '출발' 소리를 듣고도 한참 서 있다가 걸음을 뗄 수 있었다.

"무, 무거워, 아우스."

"걸은 지 얼마나 됐다고 엄살이야. 살 뺀다 생각하고 들어. 그리고 그 짐의 절반은 네가 먹을 거잖아."

몰린은 트론벤 마을에서 쉬는 동안 살이 꽤 찐 상태였다.

이번 여행을 하면서 원래의 몸으로 돌려놓을 생각이었다.

"히잉~ 팔도 아픈데."

"먹을 때는 멀쩡하던 팔이 이제야 아프냐? 어리광 부리지 마."

몰린의 불만을 단칼에 잠재웠다.

근데 이번엔 모리스가 두덜댔다.

"저기 마차에 짐을 실어도 된다고 했는데 왜 괜찮다고 한 거야? 쉽게 갈 수 있는 길을 왜 어렵게 가는지 몰라."

"맞아, 아우스 나도 이해하지 못하겠어."

지온이 모리스의 말을 거들었다.

편해지면 한없이 편해지고픈 게 사람 심리인가 보다.

불과 10일 전만 해도 하루에 17시간씩 일하던 꼬맹이들이 한 일주일 빈둥댔다고 현실을 잊은 모양이었다.

입을 열려는데 살틴이 먼저였다.

"닥쳐! 너희들이 언제부터 부잣집 도련님이었다고 현 상황에 투덜대! 광산을 탈출하고 나면 마냥 놀고먹을 줄 알았냐? 별로 무겁지도 않은 가방 좀 들었다 힘들다 할 거면 앞으로 어떻게 살아갈 거야? 아우스가 언제까지 너희들을 먹여줄 거라 생각하지 마. 아우스가 너희 부모라도 되는 줄 알아? 응?"

"……"

내가 하고픈 말이었다.

물론 살틴처럼 심장을 후벼 팔 정도로 직설적이게 말할 생각은 아니었지만 말이다.

살틴의 말은 이어졌다.

"제국의 수도에 가면 엄청 행복하게 살 것 같지? 웃기지 마. 하루 열 시간씩 일해야 겨우 입에 풀칠할 수 있어. 그것도 일이 있어야 가능한 일이고, 없으면 하루 종일 굶어야 해. 차라리 노예가 편할 수도 있어. 아우스 저 나쁜 놈이 언제든 너희들을 버릴 준비를 하고 있으니 너희들도 마냥 기댈 생각 말고 스스로 살아갈 생각해."

"…아, 아우스. 사, 살틴 형의 말이 정말이야?"

몰린이 잔뜩 겁먹은 얼굴로 물었다.

잠깐 고민하다가 말했다.

"응. 지금 당장은 아니지만."

"……!!!"

"그런 표정 짓지 마. 네 부모님 만나게 해준다는 건 지킬 테니까."

살틴이 할 말은 다했기에 더 이상 말하지 않고 걸음에 속도를 냈다.

트론벤 마을을 벗어나 끝없이 펼쳐진 논밭 길을 따라 조금 걷다 보니 해가 중천에 떠올랐다.

마침 일행들이 쉴 수 있을 만한 그늘이 보이자 용병대장이 외쳤다.

"이곳에서 점심을 먹고 간다. 2조는 주변을 순찰하고 보초를 서고 3조는 얼른 식사를 마친 후 교대를 해줄 수 있도록."

용병대는 일사불란하게 멈춰 서며 용병대장의 지시에 따라 움직였다.

매고 있던 가방을 내리며 말했다.

"우린 저쪽에서 점심 준비해요."

"응. 몰린, 물 뜨러가자."

"네, 네, 리브 형."

"아우스, 점심엔 뭐 할 거야? 물 뜨러가는 김에 필요한 거 씻어올게."

"꼬치구이요. 고기를 냉동으로 처리했다고 해도 이런 더운 날씨가 계속되면 상할 테니까 미리 먹죠. 간단히 꼬치로 할 테니까 샐러드용 채소만 씻어주세요."

출발 전 각자 할 일을 정해뒀다.

음식을 만들 사람은 나밖에 없었기에 요리는 내 몫이었다.

이동용 화염 요리기 두 개를 바닥에 놓고 냉동시켜 뒀던 고기를 꺼냈다. 그리고 소스와 꼬치에 끼울 채소를 잘랐다.

어느 정도 꼬치가 쌓이자 굽기 시작했다.

고기가 구워지는 동안 눈앞에 펼쳐진 넓은 논밭을 바라봤다.

아우스의 기억에 너무나 익숙한 광경.

'그들은 어떻게 하지?'

아우스의 몸을 차지하고 이 애의 가족에 대해 딱히 생각해 본 적이 없었다.

하지만 몸과 마음의 여유가 생기니 스스로를 돌아보게 된다.

'데려와야겠지……'

가족이라는 애틋함은 없었지만 생각을 하자 아우스의 몸과 마음 한편이 꿈틀대며 그들을 그리워한다.

"이야! 우린 스프에 빵인데, 너흰 아주 본격적이구나."

짙은 회색빛 옷에 중요 급소 부위에 가죽 보호대를 덧댄 용병 특유의 복장을 한 스펜이 다가오자 상념에서 깨어났다.

"오랜만일 텐데, 할 만해요?"

"광산에 비하면 껌이지. 단지 곡괭이를 잡던 손이라 검이 아직까지 어색해."

"얼른 익숙해져야죠. 참! 쉴 때 가죽 보호대, 저한테 갖다 주세요."

"왜?"

"간단한 마법진을 새겨줄까 해서요."

"진짜?! 어떤 마법을 새겨줄 건데?"

"제가 아는 건 방어력 강화 정도뿐이에요."

"그 정도라도 충분해! 혹시 검에도 가능할까? 검의 경우 튼튼하다는 것만으로도 상당히 도움이 되거든."

"자신은 없지만 일단 한번 해볼게요. 그리고 이거 좀 먹어보세요."

처음으로 구운 꼬치 중 하나를 건넸다.

"먹고 싶긴 한데… 동료들만 두고 혼자만 먹기엔 좀 그래."

현재 식사를 준비 중인 곳은 백작 부인이 먹을 요리를 하는 곳, 용병 차림의 기사단이 먹을 음식을 하는 곳, 일반 용병대가 먹을 음식을 하는 곳, 마지막으로 우리, 이렇게 네 곳이었다.

스펜이 말한 동료는 아마 일반 용병대를 말하는 것이리라. 왜냐하면 얼핏 봐도 백작 부인과 기사단의 식사는 괜찮아 보였다.

"많이는 못 줘도 한 꼬치씩은 줄 수 있어요."

"그래도 돼?"

"안 줄 수도 없을 것 같은데요."

꼬치가 구워지면서 풍기는 냄새 때문에 용병대의 시선은 모두 우리를 향하고 있었다.

용병대가 먹을 것까지 구울 생각을 하자 손이 바빠졌다. 광산 식당에서의 경험 때문에 딱히 힘들거나 하진 않았지만 점심시간은 무한하지 않았다.

"지온, 꼬치 좀 끼워줘."

"너도 먹으면서 해."

지온이 물려주는 꼬치를 씹으며 열심히 구워댄 덕분에 얼추 다 구워갈 때였다.

"이야! 이게 누구야? 아우스잖아!"

초절정 미녀의 등장.

"젠느 누… 경."

젠느였다. 누나라고 부르려다 주위의 눈이 있었기에 경이라는 호칭을 썼다.

"그냥 누나라고 불러도 돼. 꼬마 손님들이 같이 간다고 하더니 그게 너희 일행이었구나?"

"네. 혹시나 싶어 찾아봤는데 안 보여서 저택에서 머무나 했어요."

"난 마차 안이 근무지야. 근데 안에서 꼬치구이 냄새 때문에 난리가 났어. 먹어도 돼?"

"…가져가서 드세요."

백작 부인의 지시인 것 같은데 요리사가 한 음식을 먹고 또 먹고 싶을까.

거지 똥구멍에서 콩나물을 뺏어 먹지.

젠느에게 한 접시를 건네주고 다시 고기를 꺼내 굽는데 또 누군가가 다가왔다.

'또 뭐냐!'

용병대장의 옆에서 이런저런 지시를 내리던 자로 중단전의 밝기가 5서클쯤 되어 보였다.

내가 요리사도 아니고 점심시간 내내 고기만 굽고 앉아 있자니 슬슬 짜증이 났다.

"…험험!"

기사라는 자존심 때문일까, 달라는 소리를 못 하고 헛기침만 했다.

"네네, 드릴 테니 잠시만 기다려 주십시오."

포기했다. 열 끼를 먹을 고기가 단 한 끼 만에 사라지게 되었지만 엎혀가는 가격이라고 생각하기로 했다.

길고 길었던 점심시간은 몰린이 설거지를 하고 오자 끝났다.

"오늘 베링크 마을로 가서 저녁을 보낼 생각이니 조금 속도를 높이겠다. 출발!"

몰린은 고기가 없어지면서 한결 가벼워진 가방을 들면서도 별로 기분이 좋아 보이지 않았다.

아마 자신의 몫이 줄어들었다는 생각 때문이리라.

"마을에 가서 또 사면 돼."

"으, 응."

금세 표정이 풀리는 몰린.

그의 단순함에 피식 웃음이 나왔다.

"여어~ 얼른 얼른 걸으라고."

스펜과 부르터가 움직이지 않고 서 있었다.

"왜 안 가고 그러고 있어요?"

"너희들 뒤에서 보호하라는 명령이다. 꼬치구이가 꽤 마음에 들었나 봐."

"쳇! 누가 누굴 보호해요. 혹시나 부려먹을 생각이라면 하지 않는 게 좋을 거예요."

살틴을 내 대변인으로 써야 할까 보다. 내 생각을 너무 잘 알고 있었다.

"넌 절대 보호하지 않을 테니 걱정 마라, 살틴."

"걱정 안 해요. 도적이 나타나도 저보다 아저씨를 공격할 테고 그동안 안전한 앞쪽으로 도망가면 되니… 아아! 아파요!"

살틴은 헤드락을 당하고 나서야 깐죽대는 걸 멈췄다.

*   *   *

수도에 도착하기 전 느긋하게 마나 친화력이 있는 일행에게 서클을 만들어줄 생각이었다. 그러나 백작 부인 일행과 함께 움직이다 보니 쉽게 시간이 나지 않았다.

그래서 결국 며칠 전 백작 부인의 여행 행렬에서 빠져나왔다.

"몰린, 몰린."

"으, 응? 아, 아우스 안 자?"

"쉿! 조용히 날 따라와."

몰린은 의아해하면서도 두말없이 따라왔다.

"아우스, 몰린, 어디 가려고?"

야간 근무를 서던 스펜이 우릴 발견하고 물었다.

한동안 밥을 해먹여서인지 아님 인도주의적인 차원에서인지 모르지만 백작 부인은 몇 명의 기사단과 스펜, 부르터를 우리 일행에 붙여줬다.

"저기 위에요. 몰린과 잠깐 할 일이 있어서요."

"무슨 일인데? 웬만하면 근처에 있어."

"위험한 짐승도 도적도 없는 지역이라면서요. 위험하다 싶으면 고함칠게요."

"그래라. 훤히 보이는 곳인데 무슨 일이 있으려고."

"네."

야영지에서 100미터 쯤 떨어진 후 몰린에게 말했다.

"잘 들어. 이제부터 네가 마법사가 될 수 있는지 없는지 실험해 볼 거야."

"지, 진짜?"

"응. 혹시 안 된다고 해도 실망하지 마."

"다, 당연하지! 시, 실망 따윈 안 해."

"그래. 그럼 이제부터 내가 배운 마나 호흡법을 가르쳐 줄 거야. 어렵지 않으니까 금방 할 수 있을 거야. 저기 나무판 위에 앉아."

"으, 응!"

이동을 하며 틈틈이 그려둔 기본적인 마나 집적진이었다. 다만 마나석을 하나 박아둔 것이라 효능은 좀 더 좋을 것이다.

"코로 숨을 끊으면서 들이마셔. 그리고 끊을 때마다 여기 가슴의 명치 부근에 마나를 모은다고 생각해."

"흐읍! 흐읍! 흐읍!"

"좀 더 깊게 천천히. 그리고 잠깐 숨이 끝에 닿으면 1초 정도 멈췄다가 입으로 천천히 뱉어."

"푸우우~"

"옳지. 계속 반복해. 이게 중단전을 활성화시키는 가장 기본적인 호흡법이야. 하다 보면 내 주변에 안개나 연기처럼, 아니면 진한 공기처럼 느껴지는 것이 있을 거야. 그게 마나인데 호흡을 유지하면서 온몸으로 받아들인다고 생각해. 그리고……."

"아, 아우스 천천히 서, 설명해 줘."

몰린의 단점은 머리가 약간 둔하다는 것이었다.

난 천천히 설명을 하며 그의 몸에 손가락으로 그려줬다.

아무래도 그래야 더 이해하기 쉬울 것 같았다.

"…마나가 느껴지면 명치인 중단전으로 끌고 온다고 강력하게 생각해."

"아, 알았어."

"이제부터 대답하지 말고 오로지 호흡법에 정신을 집중해. 그리고 마나를 느껴."

단점이 장점이 되는 경우가 있었다. 몰린은 둔한 대신 시키는 대로 곧잘 따라 했다.

그리고 금세 호흡법에 빠져들었다.

몰린의 호흡 소리를 들으며 옆에 앉아 눈을 감는다.

마나로 보는 세상은 언제 봐도 질리지 않는다. 광산에 있을 때에 비해 옅어져 있었지만 그때보다 더 많은 걸 볼 수 있었다.

한참 마나의 세상을 구경하다 시간이 흘렀음에도 미동도 없는 몰린을 봤다.

마나를 느끼기 위해 노력하는 몰린에게 마나는 계속해서 온몸을 두드리고 있었다.

한데 여전히 못 느끼는지 마나는 안으로 들어가지 못하고 있었다.

마나가 자신을 알아달라고 보채는 듯한 모습에 빙그레 웃음이 나왔다.

난 마나에게 말을 걸었다.

'더 힘차게 두드려!'

내 말을 알아듣기라도 한 건지 마나는 몰린을 더욱 강하게 두들겼다. 그러다 갑자기 쑥 하고 마나가 몸 안으로 들어갔다.

"느, 느꼈어!"

몰린은 신기한 것을 느낀 듯 외쳤다.

하지만 그 순간 그의 집중은 깨졌고, 마나는 튕겨져 나와 버렸다.

"이 바보야! 느꼈으면 중단전으로 끌어야 하잖아! 다시 해!"

"아, 아! 그, 그렇지……."

한 시간의 노력을 허무하게 사라지게 한 몰린에게 난 버럭 소리를 쳤다. 찔끔 놀란 몰린은 다시 눈을 감고 호흡에 집중했다.

한데 불침번을 제외하고 모두 잠든 줄 알았는데 깨어 있는 사람이 있었다.

"이 늦은 시간에 너희들 여기서 뭐 하니?"

"어, 젠느 누나, 누나야말로 안 자고 뭐 해요?"

백작 부인이 남겨준 인원 중 젠느도 있었다.

"오늘 왠지 잠이 안 오네. 응? 이건 마나 집적진? 너희 혹시 서클을 만드는 중이었어?"

"…네."

가급적 다른 사람들에겐 알리고 싶지 않아 한밤중으로 택했는데 어쩔 수 없었다.

"몰린이 마나 친화력이 있어 보이긴 하던데 하단전은 먼저 개발해야 하지 않아?"

요즘 시대는 어린 시절 하단전을 먼저 개발하고 마법을 배웠다. 그래야 성취도 빠르고 더 강력한 전투 마법을 펼칠 수 있다고 책에 나와 있었고 그것이 정설이었다.

하단전에 대한 마나 호흡법은 나 또한 알지 못했다.

다만 몰린은 선천적으로 하단전이 발단된 특이 케이스. 그래서 그에게 가장 먼저 서클을 만들어주고 있는 것이다.

"몰린은 타고났어요. 오우거와 맞설 정도로 힘이 강하거든요."

"호호! 그래? 그렇다면 다행이고."

젠느는 믿지 않는 눈치였지만 몰린이 힘이 세다는 건 알고 있어서인지 별말을 하지 않고 내 옆에 앉았다.

밤공기를 타고 그녀의 향기가 훅 하고 코로 들어왔다.

'주책없이……'

갑자기 일어나는 신체 반응에 시선과 생각을 밤하늘에 별로 돌렸다.

"근데 궁금해서 그러는데 어떤 마나 호흡법을 사용해?"

"책에서 보고 배웠어요. 마법책은 도우 마탑에서 만든 거고요."

"도우 마탑의 마나 호흡법이라면 가장 널리 퍼져 있는 마나 호흡법이지. 근데 널리 퍼져 있다고 좋은 호흡법이라는 건 아냐."

"그래요?"

"응. 도우 마나 호흡법이 널리 퍼진 건 모두들 쉬쉬하며 비밀스럽게 가지고 있던 마나 호흡법을 처음으로 책으로 만들어 판 곳이 도우 마탑이었거든."

"다른 마탑들이 뭐라고 했겠네요."

"처음엔 난리도 아니었대. 한데 막상 책이 나오고 실린 마나 호흡법을 보곤 다들 그런가 보다 했대."

"왜요?"

"너무 추상적인 호흡법이었거든. 나도 읽어봤는데 과연 서클을 만들 수 있을까 싶을 정도로 너무 단순해."

단순하다는 게 문제가 되는 건가?

마법을 글로 배워서인지 이해가 되지 않았다.

도우 마나 호흡법으로 서클을 만들었고 현재 사용하고 익히는 데 아무 문제가 없었다.

그러나 난 도우 마탑 사람도 아니니 더 좋은 방법이 있다면 그것을 배척할 이유는 없었다.

"자세히 말해주세요."

"마나에 민감한 이들은 도우 마나 호흡법으로 서클을 만들 수 있어. 그 다음도 문젠데 서클이 만들어지고 나면 꾸준히 마나를 받아들여야 하는데 도우 마탑의 마나 호흡법은 그 효과가 다른 호흡법에 비해 상당히 떨어져. 물론 마나를 다 사용하고 나서 빈 서클을 채울 때도 마찬가지야."

"효율이 어느 정도인데요?"

"네가 마법진을 잘 아니까 그걸로 설명하면 이해하기가 쉽겠네. 네 몸이 마나 흡입구라고 생각해 봐. 가만히 두면 24시간 동안 3서클이 채워지는 게 보통이야. 그리고 도우 마나 호흡법을 이용했을 때 보통 4시간이면 채워져."

"한데 다른 마나 호흡법을 사용하면 1시간이면 된다는 건가요?"

"응. 비전으로 내려오는 수많은 마나 호흡법이 있어. 그 호흡법에 따라 시간의 차이가 생기는 거야."

"그렇군요. 이해했어요."

마나 호흡법이 효율이 나쁘다고 해도 없는 것보다는 나았다.

"그게 끝이야?"

"아! 설명 고마워요, 젠느."

"그 말이 아니잖아. 내가 가진 마나 호흡법이 욕심나지 않아?"

"제가 가르쳐 달라면 가르쳐 줄래요?"

"아니. 가문의 비전이라 타인에게 가르쳐 주지 않기로 맹세를 했거든."

"피이! 그럴 줄 알고 말하지 않았어요."

"재미없는 녀석! 그래도 한번 물어봐야 내가 단칼에 거절하는 재미라도 있지."

하여간 재미있는 여자다.

"혹시 하단전 마나 호흡법도 알아요?"

"알지."

"가르쳐 줄래요?"

"흥! 됐거든. 타인에겐 절! 대! 가르쳐 줄 수 없어."

"이제 만족하시나요?"

"호호호! 그래."

젠느의 말을 들으면서도 몰린의 상태를 살피고 있었다. 그는 한 번 마나를 느꼈던 경험 때문인지 빠르게 마나를 받아들이고 있었다.

"마나를 받아들이기 시작했어!"

젠느도 마나 집적진의 울림에 몰린의 상태를 알았는지 몰린에게 집중했다.

마나 집적진에 모여 있던 마나는 빠르게 몰린의 몸 안으로 들어갔고, 내가 말한 대로 중단으로 이끌었다. 그리고 그곳에 차곡차곡 마나를 쌓으며 서클을 만들 준비를 했다.

우우웅!

중단전 부분의 마나가 어느 정도 차오르자 부르르 떨며 서서히 돌기 시작했다. 주변의 마나들은 더욱 몰린의 몸 안으로 빨려 들어갔다.

"아!"

멋진 광경이었다. 마나는 새로운 자신의 친구가 생겼음을 기뻐하는지 웅성거렸고, 몰린의 중단전에는 환한 불빛이 피어 올랐다.

"새로운 마법사의 탄생인가?"

"아뇨. 일꾼의 탄생이죠, 하하!"

"무슨 소리야?"

"그런 게 있어요."

전투가 아니라 생활에서 마법사의 가치는 얼마나 될까 생각해 본 적이 있었다.

엔트 할아버지의 서재에 있던 책에 1서클 마법진을 활성화시키는 데 10금짜리 마나석이 500번 정도 가능하다고 나와 있었다.

즉, 마법진을 한 번 활성화하는 데 2은이라는 말.

1서클 마법사가 열 번은 활성화시킬 수 있었다. 그러니 하루 일당 20은짜리 일꾼이 탄생한 것이다.

"아, 아우스. 나, 나 가슴에 이상한 것이 생겼어."

젖이라도 생긴 듯 말하는 몰린.

난 그를 어떻게 이용할까 고민하던 생각을 접고 마법사가 되었음을 축하했다.

"마법사가 된 거 축하해, 몰린."

"나, 나 정말 마법사가 된 거야?"

"응."

"축하한다, 몰린."

"제, 젠느 누나, 고, 고마워요."

"네가 누나라고 부르지 말랬지! 너한테 누나라고 들으면 왠지 내 자신이 너무 늙은 것처럼 느껴져."

"히잉~"

젠느가 장난스럽게 말했음에도 몰린은 진짜라 생각했는지 금세 울 것 같은 표정으로 애교를 부렸다.

오우거와 상대하던 그때의 그가 그립다.

"나 이, 이제 마법을 사, 사용할 수 있는 거야?"

"응. 룬어를 배우면 가능해."

"다, 당장 배울래."

"의욕이 대단하네. 좋아! 전투 마법사 젠느가 너에게 특별히 파이어를 가르쳐 줄게!"

"고, 고마워, 누… 젠느."

젠느는 잠을 잘 생각이 없는지 몰린의 옆에 앉아 룬어를 가르치기 시작했다.

할 일을 뺏긴 난 아까부터 심장을 두근거리게 만드는 곳으로 향했다. 몰린이 서클을 만드는 장소에서 15미터 정도 떨어진 곳이었는데 마정석을 발견했을 때와 비슷한 느낌이었다.

"9미터 정도인가? 디그!"

물건이 있는 위치쯤 해서는 3서클 디그를 펼쳤다. 그러자 한 삽 정도의 흙이 옆에 생겼다 바닥으로 떨어졌다.

마정석이 아니었다.

"……!"

코로 시큼한 냄새가 풍겼고, 다음으로 아직까지 완전히 썩지 않아 살점이 묻어 있는 팔이 보였다. 그리고 내가 찾고 있었던 것은 그 썩은 팔의 검지에 끼워진 반지였다.

"빌어먹을……!"

죽기 살기로 싸우다 누군가를 죽였을 때완 또 다른 기분이다. 특히, 손의 주인이 나와 같은 소년이라는 것이 기분을 나쁘게 만들었다.

못 봤다면 넘어갔을 일이지만 본 이상 편하게 보내주고 싶다는 생각에 적당한 나뭇가지를 가져와 마법과 병행하며 땅을 파기 시작했다.

"크아아악! 이런 돌탱이! 고작 그걸 못 외운다는 게 말이돼? 차라리 오크에게 가르치고 말지 너한테는 못 가르치겠다."

거의 다 팠을 때 몰린에게 파이어 마법의 룬어를 가르치던 젠느는 머리를 쥐어뜯으며 일어났고, 화를 풀려는지 주변의 풀에 파이어를 마구 날려댔다.

"몰린은 네가 가르쳐! 도대체 넌 뭐 하는……!"

"몰린한테 화내지 말아요. 쟤가 무슨 잘못이 있어요."

"이… 시체는 뭐니?"

"몰라요. 지나가던 도적에게 당한 것 같은데 우연히 발견했어요."

우연이라기엔 내가 생각해도 얼토당토않는 변명이었다.

9미터 밑에 있는 시체를 우연히 발견할 확률은 한없이 제로에 가까웠다.

한데 젠느는 시체를 봤다는 두려움도, 말도 안 되는 내 변명도 무시하고 디그에 잘려진 팔을 보고 있었다.

그리고 아무렇지도 않은 듯 팔에서 반지를 빼내 자세히 살피며 중얼거렸다.

"이건 라이스 자작가의 후계자 반지야."

"후계자의 반지요?"

"귀족가의 후계자가 어디 있는지 확인 가능하게 해주는 반지야. 한데 이게 왜 여기에 있는 거야?"

그 말인즉 썩어가는 저 팔의 주인이 자작가의 후계자라는 말이었다.

이름 없는 언덕에 묻힌 자작가의 후계자라니…….

왠지 제국의 수도로 가는 길이 순탄치 않을 것 같은 예감이 들었다.

『아우스:마도 시대의 시작』 3권에 계속…

초대형 24시 만화방

신간 100%, 샤워실, 흡연실, 수면실(침대석), 커플석, 세탁기 완비

▪ 시흥 정왕25시점 ▪

경기 시흥시 정왕동 1742-13 미스터피자 건물 5층
031) 319-5629

▪ 강북 노원역점 ▪

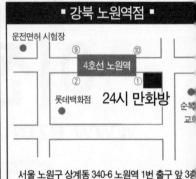

서울 노원구 상계동 340-6 노원역 1번 출구 앞 3층
02) 951-8324 (화용빌딩 3층)

▪ 일산 정발산역점 ▪

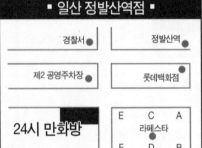

라페스타 E동 건너편 먹자골목 내 객잔건물 5층
031) 914-1957

▪ 일산 화정역점 ▪

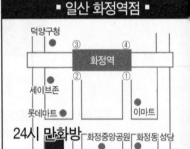

경기도 고양시 덕양구 화정동 984번지 서일빌딩 7층
031) 979-4874 (서일사우나 건물 7층)

▪ 부천 역곡역점 ▪

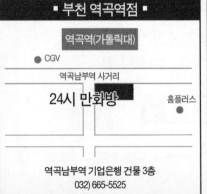

역곡남부역 기업은행 건물 3층
032) 665-5525

▪ 부평역점 ▪

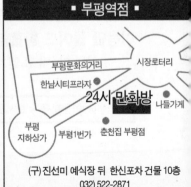

(구) 진선미 예식장 뒤 한신포차 건물 10층
032) 522-2871